나는 나, 엄마는 엄마

나는 나
엄마는 엄마

가토 이쓰코 지음 • 송은애 옮김

한국경제신문

누군가의 딸로 살아간다는 것

"엄마 때문에 힘들어죽겠어."

여태껏 이 하소연을 얼마나 많이 들었는지 모르겠다. 내용도 가지각색이다. 사사건건 딸에게 간섭하고 집착하는 엄마, 과하게 의존하거나, 이루지 못한 자신의 꿈을 딸에게 의탁하며 부담 주는 엄마, 딸에게 냉담하거나 무신경한 엄마, 딸과 아들을 차별 대우하는 엄마, 칭찬은커녕 매사 비난과 막말을 휘두르는 엄마. 다 큰 어른이 되어서도 엄마가 준 이런 상처들은 딸의 향후 인간관계와 인생 전반에 막대한 영향을 미치고 있었다.

모녀 관계에 특화된 상담을 전문으로 하는 저자는 여성들이 안고 있는 자존감 부족, 죄책감(죄의식), 트라우마와 같은 고민들이 어린 시절 형성된 가족 관계, 그중에서도 특히 엄마와의 관계에서 비롯된다는 점을 포착한다. 엄마들은 딸들에게 왜 그런 고통을 줘야만 했을까?

이 책은 10가지 유형별 상담 사례를 통해 딸에게 상처 주는 엄마의 심리를 세밀하게 분석하고 그로 인해 고통받는 딸들이 스스로를 구할 수 있도록 도와줄 구체적인 해결책을 제시한다.

한편 기존의 모녀 관계를 다룬 심리학 도서들의 한계를 넘어 사회구조적인 측면에서 '왜 엄마는 그럴 수 밖에 없었나'를 풀어내는 점이 흥미롭다. 엄마는 어쩌면 여성이라는 이유로 억압적인 삶의 방식을 강요받은 불행한 희생자일 수도 있다는 것. 딸의 입장에서는 상황을 좀 더 객관적인 시각으로, 엄마를 한 사람의 인간으로서 바라보게 도와줄 뿐만 아니라, 외롭고 숨막히는 '개인'의 문제를 여성들이 함께 이야기를 나누는 '우리'의 화두로 확장해 숨통을 트여준다.

또한 '여성의 삶'이라는 시각으로 모녀 관계 갈등을 재조명하는 일은 엄마가 딸에게 전통처럼 물려주는 상처의 고리를 내 세대에서 끊어내는 힌트가 되어준다.

그러면서도 저자는 '엄마는 결코 변하지 않으니 딸인 내가 변할 수밖에 없다'는 냉엄한 현실을 결코 간과하지 않는다. 좋게 좋게 결론짓거나 희망 고문을 하는 대신, '아닌 건 아니지!'

라고 속 시원하게 일침을 가하는 것이 바로 이 책의 백미다.

저자는 남을 향한 배려와 인내심을 강요받고 자란 딸들은 자칫 엄마를 '이해'하게 된 다음, 도리어 죄책감만 더 커져 엄마와 함께 불행 속에 머무르게 될 수도 있다고, 냉수마찰처럼 정신을 번쩍 들게 한다. '착한 딸' 노릇 따위 집어치우고 '노답'인 엄마라면 당장 혼자라도 그 늪에서 빠져나오라고, 엄마가 싫으면 싫다고 말해도 된다고, 엄마한테 뒤늦게라도 인정받으려는 기대는 버리라고, 내가 행복한 것이 최우선이라고. 아! 답답했던 속이 뻥 뚫린다.

정말이지, 나를 괴롭히는 인간관계에서 자유로워지는 일은 자존감을 회복하고 내 인생을 제대로 살아가기 위한 가장 기본적이고도 절대적인 조건이다. 그것이 가까운 가족일 때는 더더욱 그러하다. 나에게 고통을 준 대상이 다름 아닌 '엄마'였기에 그동안 겉으로 표현하기 힘들어 혼자 속으로 끙끙 앓았을 세상의 모든 딸들은 이 책을 통해 마침내 자유로워질 것이다.

더 이상은 '이런 내가 나중에 누군가의 온전한 엄마가 될 수 있을까'라며 불안해하지도 않을 것이다. 이 책은 딸에게는 엄마의 불행에 대한 책임이 없다고, 오직 딸 자신의 행복에 대한 책임만이 있다고 새삼 확인해준다.

작가 임경선

엄마가 싫다고 말하지 못하는 딸들에게

모녀 관계에 대한 강연을 마치고 나면 머뭇거리며 다가와 이런 질문하는 여성들이 꼭 한두 명은 있다.

"실례지만 잠깐 괜찮으세요?"

이들의 표정은 하나같이 고통스럽고, 어쩐지 막다른 곳에 몰린 듯 보인다. 고통받는 이유는 각기 다르지만, 그들의 얘기 속에는 뭔가 공통점이 있다.

나는 오랫동안 페미니스트 카운슬링을 진행하며 자기주장과 자기 존중이 필요한 여성들을 돕는 역할을 해왔다. 그중에는 가정 폭력이나 성범죄 등 심각한 사건을 겪은 경우도 있었지만, 대체로 눈에 보이는 뚜렷한 이유 없이 마음이 어쩐지 괴롭고 불안하다고 호소했다. 그래서 함께 그 기원을 찾아 거슬러 올라가다 보면 종착지에 '모녀 관계'가 있는 경우가 많았다.

딸들은 엄마와의 관계에 갈등이 있을 때, 갑갑함을 느끼면서도 이런 감정을 입 밖에 내지 못한다. 대신 상황을 피하는 식의 소극적인 방법을 택하거나, 잘 얘기하면 언젠가는 엄마도 이해하고 자신을 인정해줄 거라는 막역한 희망을 갖는다. 대체로 그런 갈등은 겉으로 드러나 있기보다는 수면 아래에서 진행 중인 경우가 많기 때문에 당장 해결해야 할 시급한 문제라는 생각도 들지 않는다.

짜증이 좀 나지만 아직까지는 괜찮다, 도무지 이해가 가지 않지만 굳이 긁어 부스럼을 만들고 싶지 않다… 그러는 동안 부정적인 감정의 강도와 빈도는 커지며, 이내 '모녀 관계'를 잠식한다. 무엇보다 이런 딸들을 힘들게 하는 것은 죄책감이다. "정말 엄마에게 이렇게 해도 괜찮은 걸까요?"라며 결단을 미룬다. 죄책감은 딸들이 자신을 옭아매는 모녀 관계에서 한 발짝도 나아갈 수 없도록 막는다.

엄마가 싫다는 감정을 있는 그대로 인정하지 않는 한 이 관계는 바뀌지 않는다. 시간이 흐르면 조금 나아지지 않을까 식의 막연한 희망은 말 그대로 막연한 일일뿐이며, 딸이 먼저 결단하고 행동하지 않는 한 '엄마는 영원히 변하지 않는다'.

이 책에서는 1993년 오사카시립대학교에서 '엄마와 딸'에 대한 워크숍을 개최한 이후, 지금껏 만나온 수많은 딸들의 얘기에서 전형적인 사례를 추려내 크게 6가지 유형의 모녀 관계를 소개한다. 딸이 봤을 때는 그저 수수께끼일 뿐인 엄마의 입장은 스토리텔링 형식으로 풀어냈고, 아울러 그 딸들이 선택한 해결 방법도 다뤘다. 관계가 유동적이듯 해결을 위한 방법도 유동적일 수밖에 없기에 모든 문제에 완벽하게 부합할 수는 없겠지만, 현재 엄마와의 관계로 고민하는 여성들이 자신의 상황에 대입해보고 어느 정도 힌트를 얻을 수 있으리라 생각한다.

또 한편으로는 모녀 관계가 왜 다른 인간관계보다 훨씬 복잡한지, 또 어째서 이토록 괴로운 것인지 그 이유를 찾아보고, 엄마와의 관계를 객관적으로 바라볼 수 있도록 내용을 구성했다. 특히 이 책에는 딸의 사연 못지않게 기구하고 안타까운 엄마의 사연이 많이 등장하는데, 무엇보다 이런 엄마의 삶을 추적 분석하면서 문제의 해결책을 찾아내다 보면 딸은 엄마를 이해하게 된다.

  '좋은 엄마', '좋은 아내', '좋은 딸'이라는 여성에 덧씌워진 꺼풀을 벗겨내고, 엄마를 한 여성으로, 또 딸을 엄마의 부속물이 아닌 한 인간으로 바라보면 절대적이고 커다란 존재로만 느껴졌던 엄마를 객관적으로 볼 수 있다. 그 결과, 딸은 자신을 옭아매는 근거 없는 죄책감과 두려움에서 벗어날 수 있다.

  그러니 엄마를 이해한다는 것은, 그리고 사회·심리적 차원에서 모녀 관계의 본질을 꿰뚫는다는 것은, 여성을 억압하는 프레임, 죄책감과 불필요한 괴로움에서 벗어나 진정한 나를 찾는 가장 빠른 방법이 아닐까?

가토 이쓰코

차례

엄마는 엄마

CHAPTER 1

상처를 주지도

받지도 않으면서

엄마와 잘 지낼 수

있을까?

관계는 딸이 결정한다

—
01
—

엄마와 딸의 관계를 한마디로 정의하기 어려운 이유는 엄마의 유형이 천차만별이기 때문이다. 딸의 일이라면 지나칠 정도로 신경을 쓰며 참견하는 엄마, 자신이 이루지 못한 꿈을 딸에게 맡기는 엄마, 밖에서는 좋은 사람이면서 오로지 딸에게만 차가운 엄마…. 개중에는 단순히 성격 문제가 아닐까 싶을 만큼 성정이 비뚤어진 엄마도 있다.

이런 엄마와도 잘 지낼 수 있을까? 상처를 주지도, 받지도 않으면서 관계를 개선할 수 있는 방법은 물론 있다. 그런데 이때 관계를 바꾸기 위해 노력하는 사람은 언제나 딸이다. 적정 거리를 유지하든, 관계 자체를 거부하든, 어떻게 할지 결정하는 사람은 딸인 것이다.

왜 상담실에 찾아오는 건 늘 딸일까?

모녀 관계에 대한 고민으로 상담실을 찾는 사람은 대부분 딸이다. 엄마가 상담하러 오는 경우는 거의 없다. 가끔 딸이 이상한 남자를 만나고 있는 것 같다며, 어떻게 하면 딸의 '문제 행동'을 그만두게 할 수 있을지 상담하러 오는 엄마는 있다. 또는 딸에게 '양육 방식이 잘못됐다'는 식의 공격을 받았다며 하소연하러 오는 엄마도 있다. 그러나 겉으로 아무 문제가 없는데 딸과의 관계가 힘들다며 상담하러 오는 엄마는 없다.

그럼 딸들은 대체 왜 상담실을 찾아오는 걸까? 여기에도 여러 이유가 있다. 그중 하나는 지금까지 엄마와 사이좋게 잘 지내왔는데 최근에 엄마가 싫어졌다. 엄마에게는 계속 화만 난다, 아픈 엄마를 돌아가실 때까지 돌볼 자신은 없지만 엄마를 제대로 부양하지 못했다는 죄책감 또한 견디기 힘들 것 같다 등등 엄마를 향한 부정적인 감정과 죄책감 사이에서 어쩔 줄 몰라하며 고통받는 경우다.

그저 엄마가 나를 조금만 더 인정해줬으면 좋겠다며 이해를 바라는 경우도 있다. 딸이 어린 시절 엄마에게 상처받았다고 말해도, 대부분의 엄마는 표면적으로는 문제가 없었다는 이유로 그 사실을 시인하지 않으려 한다. '어떻게 하면 엄마의 높은 기대치를 채워줄 수 없다는 사실을 이해시킬 수 있을까?' 하는 고민을 안고 있는 사람들은 기대대로 하지 못할 때마다 엄마에게 부정당하는 기분이 들었다고 말한다.

반면 단순하게 사랑을 갈구하는 경우도 있다. 이들은 어린 시절 아픈 동생이 있어서 중요한 시기에 제대로 된 관심을 못 받았다, 형제자매와 심하게 비교당하며 컸다고 털어놓으며 자신의 바람을 얘기한다.

그 밖에도 단지 엄마와 어떻게 관계를 유지해나가야 할지 몰라서, 엄마를 이해할 수 없어서, 지푸라기라도 잡는 심정으로 상담실을 찾은 딸들도 있다.

한편으로는 위 사례들처럼 분명하게 엄마와의 관계를 주제로 상담실을 찾는 여성이 있는가 하면, 오랜 기간 시달렸던 우울증이나 공황장애 등을 해결하기 위해 왔다가 그 증상의 배경에 엄마와의 갈등이 있음을 깨닫는 경우도 있다. 마찬가지로 대인 관계, 육아, 자신의 인생이나 성격 문제 등으로 상담실을 찾는 여성 중에도 모녀 관계에 문제를 안고 있는 여성이 있다. 엄마와의 관계가 현재 삶에서 맞닥뜨린 어려움과 연결되어 있다고 얘기하는 여성에게는 자기 존중감 부족, 자신감 결여, 자기 주장 및 자기 결정 불능, 완벽주의, 인간 불신 등의 경향이 유사하게 나타난다.

모녀 관계의 권력자는 엄마다

그럼 엄마는 왜 상담하러 오지 않을까? 엄마와 딸의 관계에서는 엄마가 권력자이기 때문이다. 많은 엄마가 이 사실을 자각하지 못하지만, 결론부터 말하자면 권력자는 괴롭지 않다. 언제나 그렇듯 힘든 사람은 권력을 갖지 못한 쪽이다.

딸에게 '양육 방식이 잘못됐다'고 비난받은 경우는 권력자가 뒤바뀐 상태이므로 이때는 엄마가 상담실을 찾기도 한다. 그러나 그런 엄마들도 여전히 자신이 문제라고는 생각하지 않는다. 딸에게 비난을 받으면서도 이런 딸의 태도를 고치려면 어떻게 해야 할지만 생각한다.

모녀 관계로 고민하는 딸과 엄마를 위한 워크숍을 연 적이 있다. 딸 그룹과 엄마 그룹으로 나눠 워크숍을 진행했는데, 여기에서 딸들은 '엄마와 거리를 두자. 이제 엄마의 인생을 책임지겠다는 생각을 버리자'는 결론에 도달했다. 반면 엄마들이 내린 결론은 '엄마들도 자기 인생을 살아야 한다. 그러니 조금이라도 일찍 딸을 자립시켜야 한다'였다. '딸을 어떻게 하겠다'는 발상에서 좀처럼 벗어나지 못하는 것이다.

물론 엄마 본인도 괴로움을 느낀다. 하지만 자신이 딸을 고통스럽게 하는 원인 중 하나라는 사실은 깨닫지 못한 채, 딸을 어떻게든 바꿔서 괴로운 상황을 끝내야 한다고 생각한다. 때로는 자신의 생각이 전적으로 옳다고 확신하며 딸을 몰아붙이기까지 한다.

이렇게 많은 경우 엄마의 가치관이나 엄마가 딸을 대하는 방식에 문제가 있음에도 권력자인 엄마는 그 사실을 자각하지 못한다. 따라서 힘든 딸이 먼저 행동하는 수밖에 없다. 엄마가 그랬던 것처럼 변화를 강요하라는 말이 아니다. 엄마에게 변화를 강요하면 두 사람의 관계는 더 깊은 수렁 속으로 빠질 수도 있다. 딸 스스로 엄마와 관계 맺는 방식을 개선해나가야 한다.

행동을 바꾸는 것이 핵심이다

—
02
—

그럼 어떻게 관계의 방식을 바꿀 수 있을까? 먼저 무리하지 않는 선에서 평소와 조금 다르게 행동해보자. 예를 들어 엄마를 위해 여태껏 당연하게 해왔던 일 가운데 힘들었던 일이 있다면 그 일을 하지 않는 것이다. 단번에 그만두기 어렵다면 횟수를 줄여도 좋다. 매일 전화를 건다는 암묵적인 약속이 있었다면 며칠에 1번으로 간격을 둬본다.

또 엄마의 말이 마음에 들지 않는데도 항상 수용하기만 했다면 가볍게 거부해본다. 늘 엄마의 취향대로 옷을 입었다면 스타일을 바꿔보고, 엄마의 부탁은 무조건 들어줬다면 그 일을 거절해보는 것이다. 간단해 보이지만 모녀 갈등의 중심에 선 딸이 이런 시도를 하기란 사실 어렵다.

딸의 행동이 달라졌음을 느꼈을 때 엄마가 하는 행동은 2가지다. 첫 번째는 '우리 딸이 성장하고 있구나' 하고 생각하며 변화를 받아들이는 것이다. 그러나 대부분 두 번째 행동을 택한다. "요즘 무슨 일 있니?"라며 은근슬쩍 딸을 떠보거나 느닷없이 버럭 화를 내는 것이다. 개중에는 일부러 껄끄러운 분위기를 조성해 딸을 압박하는 엄마도 있다. 엄마는 자각하지 못할 수도 있지만 이는 모두 딸과의 관계를 이전 상태로 되돌리려는 행동이다.

이때부터 전쟁이 시작된다. 일단 전쟁을 시작했다면 쉽게 원래대로 돌아가서는 안 된다. 승리를 거둘 때까지 계속 싸워야만 한다. 그런데 이 과정에서 가장 버거운 적은 딸 스스로 느끼는 죄책감이다.

'엄마가 싫다'는 선언

엄마를 싫어하는 딸은 인정머리 없고 불효를 저지르는 사람일까. 그림책 작가 사노 요코는 저서 《나의 엄마 시즈코 씨(シズコさん)》에서 엄마를 좋아할 수 없다는 죄책감에서 벗어나본 적이 없다고 고백했다. 사노는 4살 때 엄마가 자신의 손을 뿌리친 이래 엄마를 미워하게 됐고, 이후 엄마가 병으로 자리에 눕게 될 때까지 원만하게 지내지 못했다. 줄곧 엄마를 사랑하지 못했다

는 죄책감에 시달렸고, 엄마를 시설에 맡긴 후로는 엄마를 버렸다는 죄책감에 시달렸다.

한편 작가 겸 탤런트 나카야마 치나츠가 자신과 엄마의 관계를 분석한 책《사치코 씨와 나(幸子さんと私)》에는 "그 사람이 싫어"라고 말했을 때 엄청난 해방감을 느꼈다고 쓰여 있다. 나카야마는 '싫다'고 말했다고 해서 현실에 어떤 영향이 있었던 것은 아니지만 '맞아. 나는 그 사람이 싫어' 하고 분명히 자각했을 때 마음이 조금 편안해졌다고 썼다.

나카야마의 말대로 '엄마가 싫다'고 소리 내어 말하는 행위는 딸을 자유롭게 한다. 싫다는 감정은 잘못도, 그 무엇도 아니다. 조금 전 설명한 것처럼 모녀 갈등의 시작은 엄마가 딸을 대하는 방식에 있다. 엄마를 싫어한다는 자신의 감정을 인정하지 않으면 언제까지고 엄마의 심리적 속박에서 벗어나기 어렵다.

동양 사회에는 엄마와 딸이라면 당연히 사이가 좋아야 한다는 굳은 믿음이 있다. 더욱이 사회적으로 늘 찰싹 붙어 있는 자매 같은 모녀를 바람직한 모녀로 칭찬하는 분위기까지 있다. 또 예전만큼은 아니지만 여전히 자식은 부모를 보살피고 공경해야 한다는 도덕규범도 있다. 특히 여성은 동성으로서 엄마를 이해하고 돌봐야 한다는 압박을 받는다.

이런 현실에서 찬물을 끼얹듯 '어쨌거나 나는 엄마가 싫다'

고 말하기는 쉽지 않다. 부모 자식 간의 규범은 물론 여성에 대한 규범을 거스르는 행동 같아 불안과 공포가 따라다닌다. 동시에 자신이 마치 엄마를 배신한 것 같은 죄책감에 사로잡히기도 한다.

다시 한 번 강조하지만, 그럼에도 자신의 감정을 솔직하게 인정하는 것만이 모녀 관계에서 비롯되는 괴로움에서 벗어나는 첫걸음이다. 감정에 솔직해지는 일을 두려워할 필요는 없다. 단, 장소와 상대를 잘 선택해야 한다. 어렵게 '엄마가 싫다'는 말을 꺼냈는데 "그런 말을 해서는 안 돼"라든가 "엄마는 너를 진심으로 걱정하시는 거야"라는 말을 들으면 죄책감만 더 심해지고, 그 결과 자존감이 떨어질 수도 있기 때문이다. 자신의 진심을 알아주는 상대에게 적당한 장소와 기회를 찾아 '엄마가 싫다'고 말해보기를 권한다.

그럼 이제부터 엄마와 밀접한 관계에서 자란 2명의 여성을 만나보려고 한다. 두 사람 모두 고민 끝에 엄마와 거리를 두기로 결심한 딸이다. 그들이 무엇을, 어떤 식으로 바꿔나갔는지 함께 살펴보자.

어른이 되지 못한 엄마
(딸: 료코, 엄마: 데쓰코)

엄마에게서 벗어나기 위한 독립

료코는 식품 제조 회사에 다니는 만 32세의 비혼 여성이다. 아직 미개발 지역이 많이 남아 있는 오사카 남부의 한 마을에서 자란 료코는 취직한 지 5년째 되는 봄인 27살 때 오사카 시내에 아파트를 구해 혼자 살기 시작했다.

그렇게 엄마와 거리를 둔 지 5년이 지난 지금은 료코만의 생활 방식도 생겨 쾌적한 독신 생활을 즐기고 있다. 최근에는 혼자 집을 나왔다는 죄책감도 희미해졌고, 갑자기 엄마가 찾아오진 않을까 하는 걱정도 사라졌다. 처음 집을 나왔을 무렵에는 자신을 괴롭게 하는 엄마에 대한 미움과 공포가 뒤섞여 엄마 생각이 뇌리에서 떠나지 않았지만, 이 또한 시간이 지나면 조금씩 옅어진다는 사실을 요즘 들어 실감하고 있다.

그렇다. 료코가 집을 나오기로 결심한 가장 큰 이유는 어린아이처럼 딸에게 의지하는 엄마에게서 벗어나고 싶어서였다.

대학생 때 이미 이대로라면 엄마 때문에 질식할 것 같다고 생각한 료코는 취직한 뒤 집에서 나오기 위해 저축했고, 300만엔(한화 약 3,000만 원)이 넘는 돈이 모이자 회사에서 두 정거장 떨어진 역 근처에 방 2개짜리 아파트를 빌렸다. 보증인을 적는 칸에는 아빠 이름을 썼다. 그러고는 한 달간 엄마가 눈치채지 못하게 최소한의 옷가지와 액세서리, 신발 등을 조금씩 옮겼고, 가전제품과 가구, 크고 작은 살림살이를 마련했다.

그리고 어느 날 '나가서 살 집을 구했으니 오늘부터 그곳으로 퇴근하겠다. 필요할 때는 내가 연락하겠다'고 쓴 편지를 우편함에 넣고 집을 나왔다. 그날 이후 료코는 집으로 돌아가지 않았다.

집을 나온 날, 료코는 엄마에게 전화가 오지는 않을까, 엄마가 회사에 나타나지는 않을까 긴장한 채 하루를 보냈다. 그리고 퇴근 시간이 됐을 때, 집에 틀어박혀 있을 뿐 외부 활동이라곤 전혀 하지 않는 엄마가 그런 행동을 할 리가 없음을 새삼스레 깨달았다. 당시 료코는 이런 사실을 떠올리지도 못할 만큼 엄마를 두려워했던 것이다.

처음으로 혼자만의 집으로 퇴근한 료코는 드디어 혼자가 됐다는 안도감과 함께 앞으로는 혼자서 헤쳐나가야 한다는 기분 좋은 긴장감에 휩싸였다. 엄마가 찾아올지도 모른다는 불안감이 옅어지면서 안도감은 점차 해방감으로 변했다. 그리고 료코는 난생처음 자기만의 인생을 살고 있다고 실감했다.

료코의 곁에는 언제나 엄마뿐

료코가 집을 떠날 당시, 료코의 엄마는 62세, 아빠는 64세였다. 료코의 엄마는 전업주부였고, 아빠는 회사원이었다. 기계 제조 회사에 다녔던 아빠는 한창 일할 때는 출장도 많았고 혼자 타지로 발령받아 나간 적도 있어서 거의 집에 없었다. 료코가 대학을 졸업한 해 정년퇴직했지만 이후 관련 회사에 재취업해 료코가 집을 나올 때는 두 번째 회사에서 일하고 있었다.

료코는 엄마가 35세 때 낳은 딸이다. 료코의 엄마는 당시에는 늦은 나이인 30세에 결혼했고, 결혼 후 5년 만에 겨우 얻은 외동딸인 료코를 그야말로 물고 빨 정도로 귀여워했다.

료코의 엄마 데쓰코는 정원 가꾸기와 양복 만들기, 패치워크, 뜨개질 등 손으로 하는 일이 취미여서, 종일 뜰이나 자신이 '작업실'이라 이름 붙인 곳에 있었다. 친구를 만나거나 친척과 왕래하는 일은 거의 없었다. 말하자면 사람을 그리 좋아하지 않아서, 필요한 물건을 사러 갈 때를 제외하고는 혼자서 외출하는 일이 드물었다.

교외에 있는 집이라 마당은 넓고 온갖 나무, 풀과 꽃이 무성했다. 또 작업실에는 재봉틀과 다리미, 크고 작은 베틀, 천이나 실 등 수공예 재료와 도구가 넘쳐났다. 엄마는 직접 실을 뽑기도 했고 손수 재배한 허브와 과일로 실이나 천을 염색하기도 했다. 집은 언제나 작업실에서 흘러넘친 물건으로 가득 차 있었다.

초등학교 시절, 료코는 학교에서 돌아오면 가장 먼저 작업실이나 뜰로 달려갔다. 그럼 엄마는 환한 얼굴로 료코를 맞아줬다. 엄마는 료코의 곁을 한시도 떠나지 않았다. 마치 자매처럼 함께 책을 읽고, 함께 TV를 보았으며, 함께 숙제를 하는 등 무슨 일이든 함께했다. 이 무렵 료코는 모르는 게 없는 엄마를 무척 따랐다.

엄마가 이상하다

엄마에게 조금 유별난 구석이 있다고 느낀 건 초등학교 5학년쯤이었다. 하지만 당시에는 그게 큰 문제라고 생각하지는 않았다.

예를 들어 료코의 엄마는 참관 수업이나 학부모 간담회 시간에 항상 늦었다. 그리고 그런 자리에 갈 때마다 어떤 옷을 입어야 할지, 선생님께 어떤 얘기를 해야 할지 딸에게 물었다. 료코는 그때그때 머릿속에 떠오르는 대답을 했고, 이 상황을 엄마가 자신의 의견을 존중해주는 것으로 이해했다. 또 엄마는 직접 만든 옷밖에 입지 않아서 복장도 여느 엄마들과 달랐다. 비슷비슷한 옷을 입은 엄마들 사이에서 소녀 같은 복장의 료코 엄마는 언제나 눈에 띄었고, 어린 료코는 엄마가 다른 엄마들처럼 아줌마 같지 않아서 멋지다고 생각했다.

이렇게 자란 료코는 엄마에게 뭔가를 강요받은 기억이 없었다. 엄마는 무슨 일이든 "료코는 어떻게 생각해?"라고 물어봤고, 딸의 얘기라면 뭐든 재밌다는 듯 환한 얼굴로 들어줬다.

중학교 3학년에 올라가 자기 방에서 공부하게 될 때까지, 료코는 숙제나 공부를 엄마와 함께했다. 딸과 숙제와 공부를 계속하는 료코의 엄마는 당연한 말이지만 공부를 좋아했다. 도쿄의 비교적 유복한 가정에서 자란 엄마는 도쿄 내 명문 대학을 나왔다. 그러나 이후 본격적인 사회생활은 하지 않고 결혼했다. 그 이유에 대해 엄마가 지나가는 말로 '그때는 대부분 그랬다'는 식으로 얼버무리는 것을 들은 적이 있었다.

어느덧 고등학교 입시를 앞둔 료코는 엄마와 얘기하며 공부하던 습관을 버리고 자신의 방으로 들어갔다. 료코가 자기 방으로 들어감과 동시에 엄마는 작업실에 들어가 취미 활동에 몰두했다. 엄마는 기본적으로 딸과 함께 보내는 시간 이외에는 뜰이나 작업실에서 시간을 보냈다.

엄마가 지겹다

료코가 고등학생이 된 무렵부터 엄마의 질문 공세가 심해졌다. 엄마는 뭐든지 료코에게 물어봤다. 요즘 유행하는 음악이나 스타일, 신조어의 뜻, 심지어는 도쿄에 사는 료코의 외할머니에게 어떤 선물을 보낼지, 료코의 외삼촌이 승진했다는 연락이 왔는 데 어떻게 해야 할지 등 집안의 대소사까지 딸에게 상의했다.

"마당에 옥수수를 심었는데, 어쩐지 벌레 먹은 것 같아. 어떻게 하면 좋아?"

엄마가 이렇게 물었을 때 료코는 학교 도서관에서 조사해 원예용 농약을 사 가기도 했다. 매번 엄마는 딸을 칭찬하며 딸의 조언에 따랐다. 료코는 엄마에게 도움이 되었다는 사실이 뿌듯했고, 자신의 조언을 따르는 엄마를 '솔직하고 귀여운 사람'이라고 생각했다.

그러나 이 시기는 오래가지 않았다. 엄마가 귀엽다고 느낀 것과 동시에 희미하게나마 엄마가 지겹다고 느꼈던 것이다.

고등학교 2학년 가을, 진로를 고민하던 료코는 대학에서 법학을 공부해 변호사가 돼야겠다고 생각했다. 이 말을 엄마에게 하자, 엄마는 곧바로 이렇게 말했다.

"료코, 굉장하다. 엄마도 법률을 공부해볼까?"

그때 소리 내어 말하지는 않았지만 료코는 '엄마 일이 아니라 내 일인데' 하고 생각했다. 이런 생각과 동시에 스스로도 이해되지 않을 만큼 변호사가 되고 싶다는 마음이 차갑게 식어버렸다.

그날 이후 목구멍에 가시가 걸린 것처럼, "엄마도"라는 말이 신경 쓰이기 시작했다. 식사 때는 "엄마도 먹을까?"라고, 저녁에 방에 들어갈 때는 "그럼 엄마도 일해야겠다"라고 말했다. 료코가 새 옷을 사면 "료코는 센스가 있어. 예쁘네. 엄마도 이런 옷 입고 싶은데"라고 했다.

위화감을 느끼기 전 료코는 "그럼 사다 줄게"라거나 "엄마가 입기엔 좀 그렇지"라는 식으로 엄마와의 대화를 즐겼다. 그러나 점점 이런 대화 자체가 불쾌해지기 시작했다.

그 무렵 엄마는 날이 갈수록 시간관념도 없어졌다. 그래서 휴일에는 료코가 "슬슬 저녁 준비해야 하지 않아?"라는 식으로 알려줬다.

엄마가 혐오스럽다

료코의 고등학교 졸업식을 앞두고 며칠 전부터 무슨 옷을 입고 갈지 물어보는 엄마에게 료코는 "그 검은색 정장 있잖아. 거기에 꽃 모양 브로치를 달고 오면 되지!"라고 적당히 얼버무렸다.

졸업식이 끝난 후 후배들의 배웅을 받으며 체육관에서 나온 료코의 눈에 정문 쪽에서 분주하게 뛰어오는 엄마의 모습이 들어왔다. 늦으리라고는 예상했지만 어째서 이렇게까지 늦었는지 생각하던 료코에게 엄마는 함박웃음을 지으며 이렇게 말했다.

"료코, 이 꽃 좀 봐. 료코 친구들에게 졸업 기념으로 주려고 가져왔어. 앵초를 가져오려 했는데, 아직 안 피었지 뭐니. 그래도 이 꽃 앵초랑 비슷하지? 앵초의 꽃말이 '희망'이래."

그러고는 커다란 바구니에 흐드러지게 담긴 꽃을 보여줬다. 마당에 핀 프리뮬러라는 꽃을 하나하나 비닐 화분에 담아 차에 싣고 온 것이다.

"애들은 이런 거 싫어해. 하지 마."

료코가 만류해봤지만, "뭐야? 무슨 일이야?" 하고 다가오는 친구들에게 엄마는 "이 꽃의 꽃말은 '희망'이란다. 졸업 기념으로 하나씩 가져가요."라며 꽃을 하나하나 나눠줬다.

료코는 괜찮다, 억지로 받지 않아도 된다고 말했으나, 친구들, 마지막에는 선생님까지 어머님께서 모처럼 가져오신 꽃이라며 "고맙습니다", "참 귀엽네요" 하면서 꽃을 받아 갔다.

료코는 친구들이 예의상 한 말임을 알고 있었지만 엄마는 완전히 들떠버렸다. 엄마를 말리기는 힘들겠다고 생각한 료코는 기쁨에 취한 엄마 곁에서 "봐봐, 흙이 떨어지잖아", "쟤도 갖고 싶대" 하면서 엄마를 도왔다. 동시에 마음속으로는 이런 말을 되뇌었다.

'제발 천진난만한 척 좀 하지 마.'

"료코, 네 엄마는 좀 특이하신 분 같아."

"오늘 말이야, 커다란 바구니를 든 모습이 마치 꽃 파는 소녀 같았어."

"하시반 기뻐하시는 모습이 귀엽지 않아?"

"옆에서 돕는 료코가 엄마보다 키가 커서 그런지 엄마가 료코의 딸 같더라."

그날 저녁 패밀리 레스토랑에서 열린 송별회에서 친구들이 하는 얘기를 들으며 료코는 이렇게 생각했다.

'맞아, 언제나 그렇게 천진난만한 척 구는 엄마 곁에서 나는 여태껏 어른처럼 엄마를 돌봐왔던 거야.'

이날 이후 료코는 엄마의 "이것 좀 봐", "료코, 가르쳐줘"라는 말에도 혐오감을 느끼기 시작했다. 대학생이 된 료코는 "알아서 해", "나도 바쁘니까"라는 말을 목구멍으로 삼키며, 되도록 엄마와 깊이 얘기하거나 엄마가 부탁을 하지 못하게 조심했다.

엄마에게서 벗어나고 싶다

이런 료코의 변화를 엄마가 눈치챘는지는 알 수 없었지만, 큰 갈등 없이 시간은 흘러갔다. 그러던 어느 날, 딸에 대해서라면 뭐든 알고 싶어하는 엄마가 이렇게 물었다.

"료코, 대학에서는 뭘 공부하는 거야?"

엄마의 아이 같은 말투에서 느낀 혐오감을 필사적으로 억누르며, 료코는 엄마도 대학에 다녔으니까 알지 않느냐고 무뚝뚝하게 대답했다. 그러자 엄마는 말했다.

"하지만 시대가 다르잖니. 게다가 엄마보다 네가 훨씬 똑똑하고."

료코는 마음속으로 '거짓말'이라고 비아냥거렸다. 엄마가 다닌 대학이 료코가 다니는 대학보다 훨씬 수준 높았다. 그런데도 왜 그렇게 시간관념이 엉망인지, 친척들과도 원만하게 지내지 못하는지, 왜 상식 밖의 행동을 하는지, 왜 아무것도 모르는 척 자신에게 묻는지, 료코는 이해되지 않았다.

엄마는 특히 료코가 대학에서 뭘 배우는지 궁금해했다. 하지만 엄마가 그런 관심을 보일 때마다 료코는 자신의 꿈과 의지까지 엄마에게 빨려 들어가는 느낌이 들었다.

엄마가 나를 따라 하지 않았으면 좋겠다는 바람은 점점 강해졌고, 마음속에는 엄마에 대한 짜증이 쌓여갔다. 때로는 "엄마가 알아서 해"라며 선을 그었지만, 난처한 표정을 짓는 엄마를 보면 죄책감이 들어 더는 아무 말도 하지 못하고 돌아섰다. 그 지경인데도 "료코, 어떻게 하면 좋을까?" 또는 "료코, 굉장하다!"를 연발하는 엄마에게 어떤 섬뜩함을 느끼기도 했다. "엄마도"라는 말만 들어도, 마치 엄마가 달려와 자신의 가슴이나 등에 어린아이처럼 달라붙는 듯한 착각이 일었다. 료코는 혐오, 짜증, 공포, 분노, 죄책감 같은 감정들에 지쳐 있었다. 그런 료코를 지탱해준 것은 취직해서 돈을 벌면 집을 나가겠다는 목표였다.

료코는 "엄마도"라는 말을 들은 이후 변호사에 흥미를 잃고, 직장을 구하는 데 도움이 되는 공부를 해야겠다는 생각으로 경제학부에 진학했다. 졸업 무렵 아버지의 조언을 받아 고향에 거점을 둔 대형 식품 제조 회사에 취직했다. 취직한 뒤로는 결심한 대로 열심히 저축했고, 5년 후 300만 엔을 모아 자취를 시작했다.

EPISODE 2
딸에게 의지하는 불행한 엄마
(딸: 아키코, 엄마: 미도리)

엄마는 내가 세상을 살아가는 이유

아키코는 외동딸이다. 아키코와 그의 엄마 역시 둘이서 하나 같은 살가운 모녀였다.

어린 시절 아키코는 엄마 말이라면 무조건 믿었고, '엄마의 계획대로만 살면 실패할 일은 없을 것'이라고 종종 주변에 말했었다. '엄마가 없는 세상에서 살아갈 수 있을까' 하는 생각만 해도 무서워졌다.

아키코의 엄마 미도리의 말버릇은 "엄마가 다 준비해뒀으니까"였다. 아키코가 초등학교에 들어간 후 반이나 담임선생님이 바뀔 때마다 엄마는 "엄마가 ○○에게 너랑 놀아달라고 부탁해놨어", "엄마가 선생님께 확실히 인사해뒀어"라며 아키코를 안심시켰다. 이렇게 자란 아키코는 자신이 이 세상을 살아갈 수 있는 건 온전히 엄마란 존재 덕분이라는 확신이 점점 커졌다.

엄마와 딸, 단둘만의 행복한 생활

아키코의 부모는 그리 사이 좋은 부부는 아니었지만 심각한 불화가 있는 것도 아니었다. 그러나 아키코는 술을 좋아하고 씀씀이가 헤픈 아빠에게 문제가 있다고 생각했다. 친가 친척들도 엄마를 힘들게 하는 것 같았다.

아키코는 남편과 시댁 식구들 때문에 마음고생을 한 것도 모자라 40대에 혼자가 된 엄마가 가여웠다. 실제로 아빠가 돌아가셨을 때도 아빠의 장례식에 관한 여러 일을 두고 엄마와 친가 친척들은 사사건건 대립했는데, 그때마다 엄마는 아키코에게 달려와 자신이 시가 식구들에게 무슨 일을 당했는지, 얼마나 억울한지 호소했다. 이 말은 들은 아키코는 누구보다 힘든 사람한테 어쩜 이리도 심한 짓을 하느냐며 화를 냈다.

그때 아키코는 엄마에게 "이제 그런 사람들과 연락하지 않아도 돼"라고 말하며, 앞으로는 자신이 엄마를 지켜주겠다고 결심했다. 스무 살도 채 되지 않은 아키코였지만, 돌아가신 아빠 몫까지 엄마를 행복하게 해주겠다고 다짐한 것이다. 그 후로 엄마와 딸, 단둘만의 생활이 시작됐다.

당시 모녀 관계로 말하자면, 단둘이서 이 세상을 헤쳐나간다는 비장감과 결의로 가득 차 서로를 배려하는 좋은 사이였다. 이런 상태는 아키코가 결혼한 후에도 한동안 계속됐다.

하지만 결혼하기로 마음먹었을 때, 아키코는 홀로 남은 엄마를 두고 결혼해도 될지 고민했다. 그리고 결혼이 확실해질 무렵, 엄마에게 정말로 자신이 결혼해도 괜찮은지 물었다. 딸의 질문에 엄마는 이렇게 대답했다.

"당연하지. 네가 시집을 간다는 건 아들을 데려온다는 뜻이잖아. 가족이 늘어나는 거지."

당시 아키코는 이 말을 듣고 마음이 놓이면서 엄마가 자신을 무척 사랑한다고 느꼈다. 하지만 훗날 아키코는 이 말을 '딸을 절대로 손아귀에서 놓지 않겠다는 엄마의 선언'이라고 생각하게 된다.

결혼 후 아키코는 친정이 있는 오사카 시내의 아파트에서 맞벌이 생활을 시작했다. 집안일은 엄마가 해줬다. 아키코가 퇴근하고 돌아오면 저녁 식사 준비와 빨래가 모두 완벽하게 끝나 있었다. 남편은 밤늦게 돌아왔기 때문에 아키코는 엄마와 먼저 저녁을 먹었다. 사위가 집에 오면 엄마는 그제야 자기 집으로 갔다. 밤이 되어 엄마가 집으로 돌아가는 걸 빼면 아키코의 생활은 결혼 전과 조금도 다르지 않았다.

결혼한 지 2년이 지났을 때, 아키코는 첫 아들을 낳았다. 엄마는 아키코의 집으로 들어와 산후조리를 도왔다. 아키코의 출산휴가가 끝난 뒤에도 엄마는 매일 아침 집으로 와 아이를 봐줬다. 아키코가 퇴근하고 돌아오면 한결같이 저녁 식사가 차려져 있었다.

엄마와 딸의 기묘한 동거

첫째가 태어난 지 1년이 지나고 둘째를 계획한 아키코 부부는 조금 더 넓은 집으로 이사하기로 결정했다. 여러 매물을 살펴본 끝에 주택 몇 군데가 후보에 올랐다. 아키코는 이사와 동시에 직장을 그만둘 생각이었다. 통근 시간이 길어지는 데다가 엄마가 도와준다고는 해도 아이가 둘이 되면 일과 육아를 병행하기 어려우리라고 생각한 까닭이었다.

남편과 이런저런 상의를 하면서 아키코는 이번에도 엄마가 마음에 걸렸다. 이사 갈 집을 찾고 있고 집을 사면 일을 그만둘 생각이라는 얘기를 해두기는 했지만, 이 일을 엄마가 어떻게 생각하는지는 알 수 없었기 때문이다.

그때 아키코의 엄마가 자신도 같은 주택을 사겠다는 말을 꺼냈다. 아직은 건강하니 같이 살지는 않겠지만, 둘째가 태어나면 지금보다 더 많은 도움이 필요하지 않겠느냐는 얘기였다. 아이를 봐주러 먼 거리를 이동하는 것보다는 가까이 사는 것이 좋고, 무엇보다 가까이 살면 외롭지 않다, 어쩌면 나중에 딸 부부가 자신을 돌봐야 할 상황이 올지도 모르는데 그때를 생각하면 가까이 살아야 편하고 마음도 놓인다 등등.

무엇보다 엄마는 '딸 옆에 있고 싶다'고 했다. 다만 자신은 나이가 많아 대출이 어려우니 현재 살고 있는 집을 팔고 부족한 금액은 주식으로 메꾸겠다고 말했다. 그 말을 들은 아키코는 엄마의 결단력에 감탄했으며, 무엇보다 자신을 배려하는 엄마의 마음에 감동했다. 이토록 나를 아낀다고 생각하니 아키코의 가슴은 엄마에 대한 사랑으로 벅차올랐다.

이렇게 아키코 모녀의 기묘한 동거가 시작됐다. 각자 새로운 집을 얻어 독립적으로 생활하기는 하지만, 서로의 집은 걸어서

2~3분 거리에 불과했다. 엄마는 자기 집 청소가 끝나면 딸네 집으로 왔고, 저녁때가 돼서야 돌아갔다. 혼자 아이를 돌보며 이사 준비와 집 정리를 해야 했던 아키코에게 그런 엄마는 고마운 존재였다.

둘째가 태어났을 때도 엄마는 전처럼 아키코를 위해 온갖 일을 해줬다. 귀여운 아이가 있고, 자신과 마찬가지로 엄마를 소중히 여기는 남편이 있다…. 이때까지만 해도 아키코는 정말로 행복했다.

반전된 모녀 관계

완벽한 행복에 그림자가 드리우기 시작한 것은 아키코가 37세, 엄마가 57세가 되던 해였다. 둘째가 중학교에 들어가자 자기만의 시간이 생긴 아키코는 친구의 권유로 지역 내 여러 활동에 참여하기 시작했다. 그동안 집에만 있으면서 엄마와 단둘이 생활해온 아키코에게는 모든 일이 다 새로웠다.

그 무렵 환갑을 앞둔 엄마는 나이 듦에 대한 불안을 느끼기 시작했다. 그리고 조금이라도 불안해지면 시도 때도 없이 아키코에게 전화를 걸어서는 이렇게 말했다.

"아키코, 내가 움직이지 못하면 날 돌봐줄 거지?"

엄마의 불안한 마음에 공감했던 아키코는 "엄마를 혼자 두지 않을 거야"라고 말했다. 그러나 엄마의 불안은 날이 갈수록 심해지기만 했다. 한번은 심장 발작과 비슷한 상태를 보여 병원에서 검사를 받았다. 의사는 심장에는 특별한 이상이 없으며 일종의 신경증이라는 진단을 내리고 안정제를 처방했다. 하지만 엄마의 상태는 전혀 좋아지지 않았다.

아침 댓바람부터 '몸이 안 좋으니 잠깐 와달라'고 전화를 하는가 하면, 심지어 새벽에도 전화를 걸어와 다급한 목소리로 '가슴이 답답하다, 숨을 못 쉬겠다'라고 하는 바람에 잠에서 깬 적이 한두 번이 아니었다. 서둘러 옷을 챙겨 입고 엄마를 차에 태우고 병원에 갔지만 언제나 몸에는 별다른 이상이 없었다. 돌아오는 차 안에서 엄마는 아무렇지 않다는 얼굴로 이렇게 말했다.

"고맙다. 네가 있어서 정말 든든하구나."

이 말을 들은 아키코의 마음속에는 두 가지 감정이 교차했다. '가까이 살아서 다행이다' 그리고 '이게 제발 마지막이었으면'.

엄마가 아이 같은 목소리로 "내가 전화를 못 걸게 되면, 그땐 네가 밤에 우리 집으로 와줘"라고 했을 때는 "걱정하지 마"라고 대답했지만, 뭐라 설명하기 힘든 기분이 들었다.

커져만 가는 엄마의 불안

엄마의 불안은 '아키코가 늙은 나를 돌봐줄까?', '심장에 이상이 있는 건 아닐까?'에서 원래 싫어했던 천둥에 대한 공포로까지 확대됐다.

비가 온다는 예보가 있는 날이면, 엄마는 아침부터 천둥이 치지는 않을까 겁에 질려 딸네 집으로 왔다. "아키코, 천둥이 치면 어쩌지? 분명 심장이 멎을 거야." 이렇게 말하며 벌벌 떠는 엄마를 집에 두고 나가자니 왠지 마음이 불편해 아키코는 외출을 단념했다. 이런 일이 반복되는 사이, 엄마의 공포는 점점 커져갔다.

그러던 어느 가을, 그날은 아키코가 참여하는 활동 그룹의 중요한 행사가 있었다. 무려 1년간 준비한 행사로, 아키코는 접수 담당이었다. 도저히 빠질 수 없다고 생각해 행사 2달 전부터 그날이 얼마나 중요한지 엄마에게 설명했다. 그룹 대표인 친구 시노다는 집도 가깝고 엄마와도 잘 아는 사이여서, 친구에게 민폐를 끼칠 수 없다고 말하면 엄마가 자신을 이해해주리라고 생각했다. 엄마는 아키코가 행사에 대해 얘기할 때마다 이렇게 말했다.

"요즘 젊은 사람들은 대단하구나. 엄마 때는 부인회 정도밖에 없었는데. 나는 그것도 싫어했지만 말이야."

아키코는 엄마가 말은 하지 않지만 활동 자체를 부정한다는 느낌을 받았다. 하지만 엄마는 아키코를 무척 소중하게 여기니 자신에게 이 일이 중요하다는 사실을 알면 방해하지는 않을 거라고 낙관했다.

그런데 행사 당일, 어쩐 일인지 엄마는 평소보다 1시간이나 이른 시간에 아키코네 집으로 왔다.

"오늘은 나 외출할 거야."

"그래. 난 집 보고 있을게."

"그럼 들어와."

엄마는 아키코의 얼굴을 쳐다보지도 않고 거실로 가 TV를 틀더니 아침 드라마를 보기 시작했다. 채비를 마친 아키코가 "그럼 다녀올게"라고 말하자, 엄마는 아키코 쪽으로 시선을 돌리지도 않고 이렇게 말했다.

"네 친구는 널 나쁜 길로 끌어들이려는 거야."

무슨 말인지 바로 이해하지 못한 아키코는 잠시 대꾸할 말을 잃었다.

"대체 그게 무슨 말이야? 시노다는 지역을 위해 열심히 일하고 있어. 그렇게 말하면 안 되지!"

이어진 엄마의 말에 아키코는 깜짝 놀랐다.

"넌 친구에게 속아서 완전히 변했어. 착한 아이였는데 불량

한 아이가 돼버렸구나."

아키코는 더는 뭐라 해야 할지 떠오르지 않아 집을 부탁한다는 말만 남기고 행사장으로 갔다.

엄마의 죽음에 대한 두려움

이후 지옥 같은 날들이 시작됐다. 그날 집에 돌아온 아키코의 눈에 들어온 것은 광고지 뒷면에 쓰인 글이었다.

'외로워서 살아갈 자신이 없구나. 그만 아버지 곁으로 갈게. 엄마가.'

그 순간 아키코는 심장이 멎을 만큼 깜짝 놀랐다. 그리고 곧 극도의 죄책감과 후회에 휩싸였다.

'어째서 엄마를 집에 혼자 뒀을까. 친구를 나쁘게 말한 건 외롭다는 엄마의 신호였는데 그걸 무시해버렸어. 죽는 편이 더 낫다고 생각할 만큼 엄마를 궁지에 몰아넣었어.'

나쁜 상상이 머릿속을 휘저어 아키코는 미쳐버릴 것만 같았다. 뭘 어떻게 해야 할지 판단이 서지 않았지만, 일단 엄마 집으로 가야겠다는 생각에 광고지를 움켜쥐고 집을 뛰쳐나갔다.

허겁지겁 엄마의 집 안으로 뛰어든 아키코의 눈에 거실 소파에 누운 엄마가 들어왔다. 순간 불길한 생각이 스쳤다. 그때, 시끄러운 소리에 엄마가 눈을 떴다. "아, 아키코"라고 이름을 부른 엄마는 아키코가 광고지를 쥔 모습을 보고는 말했다.

"미안해, 아까는 정말로 외로웠어. 그래서 집에 돌아왔는데 정말로 몸 상태가 안 좋아져서….'

아키코는 엄마가 말을 끝내기도 전에 엉엉 울며 쓰러져버렸다. 그리고 '미안하다'며 사과했다. 엄마는 정신없이 우는 딸을 껴안으면서 "괜찮아, 울지 마. 너도 바빴으니까. 걱정 끼쳐서 미안하다"라며, 연신 아키코의 머리를 쓰다듬었다.

실제로 자살 시도를 하지는 않았지만 이 사건은 아키코를 충분히 놀라게 했다. 엄마로서는 딸을 위협하는 효과적인 방법을 손에 넣은 셈이었다. 엄마는 이날 이후 '죽겠다'는 말을 입버릇처럼 했다.

어느 날 아침, 아침 식사를 준비하느라 분주한 아키코에게 엄마의 전화가 왔다.

"비가 올 것 같은데 괜찮을까?"

"일기예보에서 안 온다고 했으니까 괜찮을 거야."

아키코는 의식적으로 최대한 명랑하게, 엄마의 기분도 함께 밝아지게끔 대답했다.

그러자 엄마는 "그래, 그럼 괜찮겠네" 하고 전화를 끊었다.

그런데 1시간쯤 지났을까, 가족이 모두 집을 나간 뒤 청소하는 아키코 앞에 엄마가 불쑥 나타났다.

"아무래도 불안해서. 아무것도 필요 없으니까 여기 좀 있다 갈게."

아키코는 그렇게 하라고 말하며 집안일을 계속했다. 그러자 엄마가 느닷없이 이렇게 말했다.

"아빠도 친구도 모두 저세상으로 가버렸어. 어째서 나 혼자만 남은 걸까. 아빠와 함께 죽었으면 좋았을 텐데…."

"대체 그게 무슨 말이야. 엄마가 죽으면 나는 혼자가 되잖아."

이렇게 대답하는 아키코의 머릿속에는 남편도, 아이도 없었다. 그저 엄마 생각뿐이었다.

엄마만을 위한 나날

어떻게든 엄마가 예전처럼 밝아졌으면 좋겠다. 심장 발작 비슷한 상태에 빠지는 이유 역시 외로움 탓일지도 모른다. 뭐라도 배우면 어떨까? 취미 생활을 하면 부정적인 생각을 조금이나마 잊을 수 있지 않을까?

이런저런 생각 끝에 아키코는 엄마에게 몇 가지 제안을 해봤지만 엄마는 어느 것 하나 달가워하지 않았다.

아키코의 집에 오지 않는 날이면 엄마는 20~30분 간격으로 전화를 걸었다. 정오를 조금 지났을 무렵 또는 한밤중에 전화를 걸어서는 "괴로워, 죽어버릴 거야. 구급차를 불러줘"라고 말했다. 비가 오거나 구름이 낀 날이면 천둥소리에 겁을 먹어 몇 시가 됐든 아키코의 집에 찾아왔고, 비가 많이 와서 혼자 오기 무서운 날에는 '지금 당장 데리러 와달라'며 전화했다.

뭐 하나라도 서설하려 하면 반쯤 정신이 나간 상태로 '죽어 버리겠다'며 소란을 피웠다. 어디까지가 진심인지는 모르겠지 만 몇 번이나 주택가 뒤편에 있는 벼랑의 난간을 넘으려 했고 소란을 피우며 칼을 꺼낸 적도 있었다. 아키코는 완전히 지쳐 버렸다.

날씨가 좋으면 엄마가 집에 오지 않았기 때문에, 아키코는 그 틈을 타 고민을 들어줄 만한 곳에 전화를 걸거나 보건소에 상담을 하러 갔다. 그때마다 아키코가 맨 처음 하는 말은 늘 똑 같았다.

"엄마가 외로워서 그런지 정신적으로 이상해졌어요."

이때 아키코는 오로지 엄마를 편히 쉬게 해주려면 어떻게 해 야 할지, 엄마의 외로움을 없애려면 어떻게 해야 할지만 질문 했다. 이런 상황에서 몇 가지 말이 아키코의 마음에 남았다.

먼저 첫째 아이의 "할머니는 우리 집에만 오면 아파"라는 말 이었다. 이 말을 들었을 때는 "어쩔 수 없지. 아프신 날에만 우 리 집에 오시니까"라고 대답했지만, 마음속에 희미하게나마 걸 리는 뭔가가 있었다.

다음으로 보건소의 상담사가 해준 말이었다.

"어머니가 외로운 건 아키코 씨 책임이 아닙니다."

아키코 자신도 고개를 끄덕이기는 했지만, 그렇다고 해서 뭘 어떻게 하라는 것인지는 알 수 없었다. 상담사는 지역에서 운영하는 돌봄 서비스나 고령자 대상 모임의 팸플릿을 주며 말했다.

"아키코 씨가 움직이면 움직일수록 어머니는 당신에게 의존하게 됩니다. 이걸 어머니께 드리고, 그 후에는 그냥 내버려두세요."

상담사의 말이 아키코의 마음에 차갑게 울려 퍼졌다. 이런 팸플릿을 주면 분명 엄마는 "내가 걸리적거리는구나. 그때 죽었으면 좋았을 텐데"라고 말할 것이다. 엄마를 내버려둔다는 것은 아키코에게는 아직 상상조차 하기 힘든 일이었다.

어딜 가든 따라오는 엄마의 전화

처음 엄마가 심장 발작 비슷한 것을 일으킨 후로 지역 활동을 잠시 쉬었던 아키코는 조금씩 활동을 재개해나갔다. 휴대전화가 없던 시절이라, 집에 있을 때는 아키코가 전화를 받았지만 전화를 받지 못하는 경우가 더 많았다. 자신이 어디에 갔는지 모르면 엄마가 불안해했으므로 되도록 어디에 가고 몇 시쯤 돌아오겠다고 전한 다음 외출했다. 아키코에게는 엄마의 전화를 받을 수 없는 곳에 가 있을 때만이 유일하게 엄마에게서 해방되는 시간이었다.

그러던 어느 날, 평소처럼 시민센터에서 열리는 학습회에 참석한 아키코에게 센터 직원이 다가왔다.

"어머니의 상태가 좋지 않다는 연락이 왔어요."

그러나 아키코가 걱정하며 사무실로 가 전화를 받았을 때 수화기 너머로 들려오는 엄마의 목소리는 평상시와 똑같았다.

"아키코, 산 쪽에 먹구름이 꼈어. 집에는 몇 시쯤 오니?"

아키코는 이때 처음으로 엄마에게 맹렬한 분노를 느꼈다. 사무실이라 다른 사람의 눈이 있었던 탓에 간신히 감정을 억누르고 "곧 집에 가니까 기다리세요"라고 말하고는 전화를 끊었다.

이후로 엄마는 아키코가 가는 곳마다 끊임없이 전화를 걸었다. 엄마의 그런 행동은 아키코에게 '네가 어디에 있든 엄마에게서 벗어날 수 없어' 하고 속삭이는 것만 같았다. 주변 사람들은 "괜찮아요. 나이가 있으시니까 걱정이 많아지신 거겠죠"라고 좋게 얘기했지만, 아키코는 점점 시민센터에 나가기가 민망해졌다. 그래서 일부러 엄마가 알지 못하는 곳에서 열리는 행사에만 참석했다.

집을 나설 때는 "오늘은 1시 반쯤 돌아올 거야"라고 말하며 외출했고, 가끔 엄마가 어디로 가느냐고 물어도 '오사카'라고만 대답하고 자세한 장소는 말하지 않았다. 불친절하게 대답하는 자신에게 어렴풋한 죄책감도 들었지만, 그 무렵의 아키코는 수화기를 통해 들려오는 엄마 목소리에 혐오감을 느꼈고, 엄마에 대한 부정적 감정을 억누르기가 힘들었다.

그러면서도 아키코는 노인 간병을 주제로 한 학습회에 참석했다. 내가 어떻게 해야 엄마가 자립할 수 있을까? 어떻게 해야 엄마가 딸에게 의지하지 않고 자신의 인생을 즐길 수 있을까? 어떻게 해야 엄마가 심리적인 병에서 회복될 수 있을까? 아키코는 진심으로 이해하고 싶었다.

그러나 어느 강좌를 가도 치매와 같은 노인성 정신 질환만을 다뤘다. 고령자의 고독, 경제적 고통에 관해 설명하거나 가족끼리 고민하지 말고 돌봄 서비스 등의 공공서비스를 잘 이용해보라고 제안할 뿐이라 그 이상의 것을 얻지는 못했다.

'나는 나, 엄마는 엄마'라고 생각하기까지

이런 아키코가 자신을 위해 참가한 강좌가 바로 '환상 허물기: 모녀 관계를 생각하다'였다.

처음에 아키코는 공간을 가득 메울 만큼 참가자가 많다는 사실에 깜짝 놀랐다. 다양한 연령대의 여성들이 강연장에 꽉 차 있었다. 또 강사는 아키코가 매일 느끼던 괴로움을 정확히 집어냈다. '나만 이런 생각을 한 게 아니었어' 하는 깨달음이 아키코에게 힘을 줬다.

참가 첫날, 상담 그룹에서 아키코는 가슴속에 응어리진 감정을 터뜨리듯 자신의 상황을 들려줬다. 얘기를 하던 중 아키코가 "병에 걸린 엄마를 나쁘게 말해도 될까요?"라고 질문하자, 한 멤버가 이렇게 말했다.

"우리 엄마는 장애인이에요. 그런데도 이렇게 얘기하죠."

이 말 또한 아키코의 마음에 남았다.

그렇게 아키코는 마음속에 남는 말을 차곡차곡 수집해나갔다. 그중에 훗날 그녀의 슬로건이 된 말이 바로 '나는 나, 엄마는 엄마'였다. 누가 처음에 말했는지는 모른다. 어쩌면 그룹에서 얘기하던 중 아키코 자신이 꺼낸 말일 수도 있다. 아무튼 그녀는 그룹에서 얘기할 때면 스스로를 타이르듯 "'나는 나, 엄마는 엄마' 이렇게 생각하려고 노력 중이에요"라고 반복해서 말했다. 이 무렵 아키코를 지탱해준 것은 그룹에서 얘기하는 것 그리고 그룹 멤버들의 격려였다.

딸을 옭아매는 시선

그룹 멤버들과 얘기하면서, 아키코는 자신이 받아줄수록 엄마가 의존한다는 점, 계속 받아주기만 하면 엄마는 절대 자립할 수 없다는 점을 차츰 자각했다. 하지만 그렇다고 해도 자신에게 매달리는 엄마를 뿌리치고 나가기란 꽤 힘든 일이었다. 안심하고 얘기할 수 있는 장소를 찾아냈지만, 엄마와의 갈등은 여전히 현재진행형이었다.

무엇보다 아키코를 옭아매는 것은 주위 사람들이었다. 먼저 '남편'이 그랬다. 분노에 휩싸인 아키코가 '엄마가 이상하다'고 하면 남편은 이렇게 말했다.

"혼자 외로우시니까 그런 거겠지."

아키코가 얼마나 괴로운지 남편은 이해하지 못했다.

'이웃' 역시 아키코를 괴롭게 했다. 아키코의 엄마는 이웃에서 고상하고 헌신적인 엄마였고, 아키코와 엄마는 사이좋은 모녀로 통했다. 그래서 "내가 죽으면 좋겠지?"라고 말하며 미친 듯이 울부짖는 엄마를 내버려둘 수 없었다.

말싸움을 하다가 엄마가 집을 뛰쳐나갔을 때도 그랬다. 아키코가 엄마를 뒤따라가야 할지 말지 불안과 걱정으로 숨 막히는 상태에서 집에 가만히 있으면, 이웃 사람이 "어머니께서 저쪽에서 서성거리고 계셔서요"라며 엄마를 데리고 왔다.

'분명 나를 천하의 불효녀라고 생각하겠지.'

당시 아키코는 이렇게 생각했다. '소란을 피우면 어쩌지' 하는 생각이 엄마와 관계를 끊는 일을 망설이게 했다.

죄책감과의 싸움

이런 상황이 계속되던 어느 날, 병원에서 돌아오는 길에 '어딘가 안 좋은 게 분명한데 의사 선생님이 제대로 봐주지 않는다'는 엄마와 '아픈 곳은 없다'는 아키코 사이에 말다툼이 벌어졌다. 흥분한 엄마는 불리한 상황이 되자 늘 그랬듯이 "죽을래. 죽어버릴 거야!"라고 말했다.

평상시 아키코라면 '그런 말 하지 말라'며 엄마를 달랬겠지만, 지칠 대로 지친 아키코는 엄마에게 독설을 퍼부었다.

"죽는다, 죽는다 말하는 사람 중에 진짜 죽는 사람은 없어!"

그러자 그 순간 엄마가 얼굴색을 싹 바꾸더니, 가슴을 누르며 주저앉았다.

"아, 괴로워! 죽어버릴 거야!"

"그렇게 죽고 싶으면 죽으면 되잖아!"

더는 감정을 조절하기 어려워진 아키코는 다른 사람의 시선도 신경 쓰지 않고 큰 소리로 내뱉었다. 그리고 엄마를 내버려둔 채 뒤도 돌아보지 않고 걸어갔다. 일부러 내는 듯한 신음 소리가 뒤에서 들려왔지만 분노에 휩싸인 아키코는 아랑곳하지 않았다.

얼마 안 가 신음 소리가 들리지 않았다. 걱정이 돼 뒤를 돌아봤을 때, 아키코는 엄마가 아무렇지 않게 일어서서 기모노에 묻은 먼지를 탁탁 털고 있는 모습을 봤다. 엄마는 자신의 집 쪽으로 부리나케 걸어 그대로 사라져버렸다. 이때 아키코는 '기가 막혀서 말도 안 나온다'는 말뜻을 비로소 이해했다.

집에 돌아온 아키코는 딸이 "할머니는 우리 집에만 오면 아프네"라고 했던 말을 새삼스레 떠올렸다. '엄마는 나와 함께 있을 때만 아프구나.' 아키코는 앞으로는 순순히 엄마 말에 따라주지 않겠다고 다짐했다.

우선 '죽을 것 같으니 지금 당장 와달라'는 전화에는 이렇게 말하기로 했다.

"나는 못 가니까 엄마가 직접 구급차를 불러."

처음 이렇게 말했을 때, 엄마는 구급차를 부를 정도는 아니라며 전화를 끊었다. 아키코는 한동안 차라리 지금 당장 달려가는 편이 낫겠다 싶을 만큼 강한 불안과 죄책감에 휩싸였다. 엄마가 있는 곳으로 달려가고 싶다, 전화를 걸어서 "엄마, 괜찮아?"라고 묻고 싶다… 이런 충동을 억제하며 불안감, 죄책감과 혼자 싸워나갔다.

몸 상태가 나쁘다고 호소해도 달려오지 않는 딸에게 엄마는 다양한 방법으로 긴급 신호를 보내더니, 이내 포기했는지 차츰 그 신호가 줄어들었다.

하지만 쇼핑이나 그 밖의 부탁은 여전했고, 그런 일들은 거절하기가 의외로 어려웠다. 의식적으로 3번에 1번은 거절하려고 노력했으나, 아키코가 가장 감당하기 힘들었던 것은 이것저것 요구하는 엄마가 아니라 스스로 느끼는 죄책감이었다.

엄마가 "조명이 나갈 것 같은데, 너희 집에 새것 없니? 있으면 좀 갖다줘"라고 부탁하면, "우리 집에도 없어. 그런 건 좀 알아서 해"라고 말했지만 곧바로 자기혐오와 죄책감이 뒤따랐다. '도대체 뭘 위해 이런 거짓말까지 하며 엄마를 힘들게 해야 하는 걸까. 조명 정도는 얼마든지 줄 수 있는데. 내가 대체 무슨 짓을 하는 거지?'

매일매일 새롭게 가슴이 무너져 내리는 듯한 심정이었다.

엄마와의 사이에 원칙을 세우다

이 무렵 아키코는 희미하게나마 일을 해야겠다고 생각했다. 일을 시작하면 언제 집에 찾아올지 모르는 엄마 때문에 전전긍긍하지 않아도 되고 부탁도 당당하게 거절할 수 있다는 이유에서였다.

이런 생각은 점점 커져갔다. 그러던 어느 날, 아키코는 옆 동네 대형 쇼핑센터에서 직원을 모집한다는 공고를 봤다. 곧바로 이력서를 냈고 면접을 보러 오라는 연락을 받았다.

아키코는 엄마에게 이 사실을 전했다.

"쇼핑센터에서 일하게 될지도 몰라. 그러면 일주일에 4~5일은 집에 없을 테니, 전처럼 함께 시간을 보내기는 힘들 거야."

"아, 그러니?"

엄마는 이렇게 말하며 어디에 지원했는지 물었다. 그 쇼핑센터는 아키코가 사는 지역에서 고급스러운 이미지로 통했다. 엄마가 흡족해하리라는 예상대로 "면접에 합격하면 좋겠네"라고 말해줬다.

면접에 합격한 아키코는 일주일에 4번 쇼핑센터로 출근했다. 대신 매주 월요일을 '엄마와 함께하는 날'로 정했다. 그날은 아침부터 엄마의 병원에 따라가거나 함께 식사하고, 쇼핑을 하기도 했다.

단, 아무리 늦어도 3시 반까지는 돌아오겠다는 원칙을 세우고, 이를 엄마에게 제안했다. 엄마는 일하느라 힘들 텐데 고맙다며 더는 아무것도 요구하지 않았다.

이후 엄마는 매주 월요일을 기대하며 생활했다. 아키코는 엄마와 함께 보내는 날은 월요일뿐이라는 규칙을 엄격하게 지켰다. 월요일이 아닌 날 엄마가 전화로 뭔가를 부탁하면, "알았어. 급한 게 아니면 그건 다음 주 월요일에 할게"라고 대답했다. 이런 방식으로 아키코는 차츰 자신과 엄마 사이의 적절한 거리를 알게 됐다. 일정 시간 이상 엄마와 함께 있으면 아키코 스스로 짜증이 났던 것이다.

2년쯤 지나자 아키코는 월요일이 아닌 날에는 엄마를 잊고 생활할 수 있게 됐다. 그 후로 10년이 지난 지금도 아키코는 '나는 나, 엄마는 엄마'라는 슬로건을 중얼거리며 '월요일 오전 8시 반부터 오후 3시 반까지'라는 원칙을 반드시 지킨다. 무엇보다 경계해야 할 것은 '무심코 부탁을 들어주려는 자기 자신'임을 되새기면서 말이다.

현재 아키코의 엄마는 고령으로 쇠약해진 것을 제외하고는 건강에 이렇다 할 문제가 없다. 또 그토록 싫어했던 돌봄 서비스도 받고 있다. 아키코는 만일 지금 엄마가 병으로 자리에 눕게 되더라도 공공서비스의 보조를 받아 평정심을 유지하면서 간병할 수 있을 것만 같다.

CHAPTER 2

싫다는 감정은

나쁜 것이 아니다

상대가 달라지길 바랄 때 갈등이 생긴다

—
03
—

CHAPTER 1에서 소개한 두 여성의 공통점은 모두 엄마와 무척이나 끈끈한 관계를 맺고 있었다는 것이다. 더욱이 어느 한쪽이 아니라 양쪽 모두 서로를 바라보고 있었다는 점에서 둘이 하나나 마찬가지인 일란성 모녀였다.

그러나 시간이 흐르면서 두 사람 모두 엄마에 대한 감정이 변했다. 이런 감정의 변화를 도표로 더 자세히 살펴보고자 한다.

모녀 관계를 해석하는 사분면

도표에서 가로축은 딸이 생각하는 엄마의 '강함' 정도다. 왼쪽으로 갈수록 딸이 엄마를 강하다고 여긴다는 뜻이다. 강하다는 것은 심리, 능력, 처지 등 어느 측면에서나 가능하다. 반대로 오

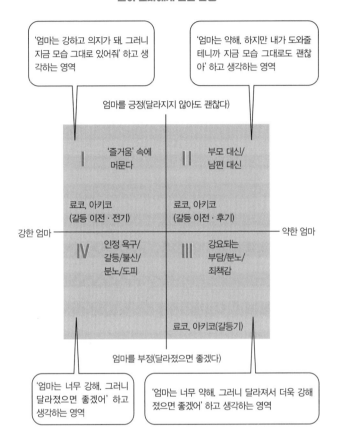

· 딸이 엄마에게 품는 감정 ·

'엄마는 강하고 의지가 돼. 그러니 지금 모습 그대로 있어줘' 하고 생각하는 영역

'엄마는 약해. 하지만 내가 도와줄 테니까 지금 모습 그대로도 괜찮아' 하고 생각하는 영역

엄마를 긍정(달라지지 않아도 괜찮다)

I '즐거움' 속에 머문다

료코, 아키코
(갈등 이전·전기)

II 부모 대신/
남편 대신

료코, 아키코
(갈등 이전·후기)

강한 엄마 ――――――――――――――――――― 약한 엄마

IV 인정 욕구/
갈등/불신/
분노/도피

III 강요되는
부담/분노/
죄책감

료코, 아키코(갈등기)

엄마를 부정(달라졌으면 좋겠다)

'엄마는 너무 강해. 그러니 달라졌으면 좋겠어' 하고 생각하는 영역

'엄마는 너무 약해. 그러니 달라져서 더욱 강해 졌으면 좋겠어' 하고 생각하는 영역

른쪽으로 갈수록 딸이 엄마를 약하다고 여긴다는 뜻이다.

여기에서 '강하다, 약하다'는 실제로 강하고 약한 정도와는 관계가 없다. 예를 들어 EPISODE 1에서 소개한 료코의 엄마 데쓰코는 료코가 어렸을 때나 지금이나 여전히 대외적인 일에 서툴지만, 엄마와 딸 둘만의 공간에 있을 때는 이 점이 큰 문제를 일으키지 않았다. 초등학생인 료코에게 엄마는 모든 풀과 꽃의 이름을 알고, 바느질을 하며, 스웨터도 뜰 줄 알고, 과일로 잼을 만들 수 있고, 공부를 가르쳐주는 등 뭐든 할 줄 아는 굉장한 사람이었다. 이런 엄마가 이런저런 세상사를 자신에게 의지하게 되자, 료코는 엄마를 '가엾고 순수한 사람'이라고 느낀다. 사실 이건 원래 부모가 자녀에게 느끼는 감정이다.

2분면에 이르면 감정 자체는 긍정적이지만 엄마에 대한 평가가 미묘하게 달라진다. 중요한 부분은 사실이 아니라 '평가'다. 엄마에 대한 생각이 '나를 소중히 여겨준다', '존중해준다'에서 '내가 도와줘야 한다'로 변했다. 즉, 엄마를 강하다고 여기는 왼쪽 1분면에 있던 포인트가 엄마를 약하다고 여기는 오른쪽 2분면으로 이동했다.

한편 세로축은 엄마에 대한 딸의 또 다른 평가(또는 바람이라고 말하는 편이 적절할 수도 있다), 즉 엄마가 달라지지 않아도 괜찮은지, 아니면 엄마가 달라졌으면 좋겠는지를 나타낸다.

세로축 위는 '엄마는 달라지지 않아도 된다. 지금 모습 그대로 괜찮다'고 생각하는 영역이다. 세로축 아래는 '엄마가 달라졌으면 좋겠다'고 생각하는 영역, 즉 '지금 모습 그대로는 싫다'

또는 '지금 모습 그대로는 곤란하다. 어떻게든 달라졌으면 좋겠다'고 생각하는 영역이다.

료코의 사례는 1분면의 긍정에서 시작된다. '엄마가 정말 좋아. 멋져'에서 2분면의 '엄마는 귀여워. 도울 일이 있으면 내가 해줘야지'로 바뀐다. 그야말로 자식이 부모 대신이다. 그리고 점차 3분면의 '이제 천진난만한 척 좀 하지 마', '스스로 해', '나 좀 따라 하지 마', '스스로 생각해'로 바뀐다. 이 말들은 '내 딸인 척하는 건 이제 그만해'라는 료코의 마음속 절규다.

료코의 사례에서 료코의 엄마는 크게 달라지지 않았다. 료코가 성장하면서 화젯거리는 바뀌었지만, 엄마는 여전히 딸을 칭찬했고 무슨 일이든 딸에게 의존했다. 엄마를 향한 감정의 변화는 료코의 변화, 즉 료코의 성장에서 비롯됐다. 엄마가 딸을 대하는 방식이 딸의 성장에 따라 달라져야 한다는 것을 보여주는 사례다.

EPISODE 2의 아키코 역시 처음에는 1분면에서 엄마에 대한 감정이 시작된다. '엄마는 의지가 되고 멋져. 지금 이대로도 괜찮아'에서 점차 2분면으로 변화한다. 이때 아키코는 돌아가신 아빠, 즉 엄마의 남편 역할을 대신하려 한다. 엄마를 두고 아키코는 이렇게 생각한다. '홀로 남은 엄마가 가여워. 얼마나 외롭고 불안할까. 내가 지켜줘야겠다.'

그러나 이후 감정은 점차 '제발 나한테만 의지하지 말고 엄마 일은 스스로 했으면 좋겠어'로 변하면서 3분면으로 옮겨간다. 이 변화는 엄마의 처지 또는 엄마의 심신 이상이라는 변화에서 비롯됐다. 엄마의 상태가 아키코의 감정 변화에 영향을 준 셈이다.

이 두 사람이 가장 괴로워했던 시기는 엄마에 대한 평가와 감정이 3분면에 있을 때다. 엄마가 달라졌으면 좋겠다는 생각이 들면서 딸은 괴로워졌다.

하지만 엄마는 딸이 바라는 대로 바뀌지 않고, 따라서 딸은 엄마가 달라지지 않는다는 사실로도 괴로워하게 된다. 괴롭기 때문에 엄마가 달라지기를 바라고, 바람이 통하지 않는다는 사실에 다시 괴로워한다. 바라면 바랄수록 낙담은 크고, 이 낙담이 때로는 분노로 변한다. 그리고 분노에 사로잡힌 자신을 부끄럽게 여기고 자책하며 딸은 더욱더 괴로워진다. 달라지지 않는 엄마 때문에 고통스러운 딸은 엄마가 달라졌으면 좋겠다고 소망함으로써 더욱더 고통받는 것이다.

약한 엄마와 강한 엄마의 차이

4분면에도 엄마가 제발 달라지기를 바라는 소망이 있다. 3분면

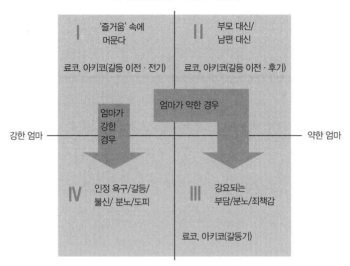

엄마를 긍정(달라지지 않아도 괜찮다)

I '즐거움' 속에 머문다 료코, 아키코(갈등 이전 · 전기)	**II** 부모 대신/ 남편 대신 료코, 아키코(갈등 이전 · 후기)
IV 인정 욕구/갈등/ 불신/ 분노/도피	**III** 강요되는 부담/분노/죄책감 료코, 아키코(갈등기)

엄마가 강한 경우

엄마가 약한 경우

강한 엄마 ──────── 약한 엄마

엄마를 부정(달라졌으면 좋겠다)

과 4분면의 차이점은 '엄마가 약한가 아니면 강한가'다.

처음에 모녀는 1분면에서 사이좋게 생활한다. 그러나 뭔가를 계기로 딸이 엄마에게 부정적 감정을 품으면서 아래쪽 사분면으로 이동한다. 엄마가 약한 경우에는 앞서 소개한 료코나 아키코처럼 2분면을 거쳐 3분면으로 이동한다.

반면 엄마가 강하면 1분면에서 4분면으로 곧장 이동한다. 자기 삶에 몰두하느라 딸은 아랑곳하지 않는 엄마, 또는 사회 활동과 집안일 모두 능숙하게 해내는 슈퍼우먼으로 딸에게도 똑같이 하기를 요구하는 엄마 등이 여기에 해당한다.

그럼 지금부터는 강한 엄마 밑에서 자란 4명의 여성을 소개해보겠다. 첫 번째로 소개할 미치코는 할머니가 쓰러진 이후 유능하고 부지런한 엄마에게 부정적 감정을 품게 된다. 엄마에 대한 감정 변화를 4개의 사분면으로 생각하면, 1분면에서 4분면으로 이동한 셈이다.

EPISODE 3
엄마답지 않은 엄마
(딸: 미치코, 엄마: 사요코)

유서 깊은 요릿집 딸

미치코는 유서 깊은 일본 요릿집 딸로 자랐다. 가게 정면은 요릿집 정문이었고, 그 왼쪽으로 가족들이 사용하는 출입문이 나 있었다. 뒤편은 주방이나 창고로 통하는 입구, 정문 오른쪽은 종업원이 드나드는 문이었다. 가게는 거리의 한 모퉁이를 차지하고 있었고, 그 가게와 이어진 주택이 미치코의 집이었다. 4대째 점주인 미치코의 아버지는 일식 요리사, 엄마 사요코는 옆 마을 포목점 딸이었다.

미치코가 기억하는 어린 시절은 언제나 떠들썩했다. 가족은 할아버지, 할머니, 아버지, 엄마, 오빠, 언니, 가게 종업원을 포함한 대가족이었다. 그 밖에도 요리사, 하녀, '언니' 또는 '아줌마'라 불렀던 가사 도우미 등 가게와 집의 구별은 물론 종업원의 구별도 모호한 대가족이었다.

미치코가 고등학교에 갈 즈음에는 없었지만, 더부살이하며 일하는 언니와 오빠도 몇 명인가 있었다. 아이를 제외한 가족 모두가 일을 했고, 저녁 무렵부터 집은 전쟁터가 됐다. 이런 탓에 유치원생이었던 미치코를 유치원에 데려다주고 데려오는 사람은 가사 도우미 언니나 아줌마였다. 초등학교에 들어가 스스로 통학하게 됐을 때도 미치코가 하교할 시간에는 집에 아무도 없었다.

엄마 대신 도우미 언니와 함께한 저녁

부엌문에서 이어지는 긴 복도를 빠져나와 주방으로 가면, 할아버지와 아버지가 주방 앞에 서 있었다. 미치코를 발견하면 할아버지와 아버지는 각각 "아, 우리 손녀딸 왔구나!", "가게에 가면 안 된다"라고 말했다. 미치코는 "안 가!"라고 대답하고는 주방 앞을 지나 가게로 갔다. 그곳에는 할머니와 엄마가 있었다. 뭘 하는지는 알 수 없었으나 두 사람 모두 항상 분주해 보였다. 미치코를 보면, 할머니는 "왔구나. 간식은 먹었니?" 하고 다가왔지만 엄마는 "가게에 오면 안 된다고 했지!"라며 말 붙일 여지조차 주지 않았다. 할머니 손에 이끌려 다시 주방으로 가서 간식으로 과자나 과일을 받은 다음 도우미 언니와 함께 복도를 걸어 집으로 돌아오는 것이 초등학교 저학년 무렵 미치코의 일과였다.

도우미 언니와 책을 읽거나 텔레비전을 보고 있으면 엄마가 분주하게 뛰어와 기모노로 갈아입고 화장을 고치고는 다시 분주하게 가게로 갔다. 그사이 미치코는 엄마에게 학교에서 나눠준 통신문이나 시험지를 보여줬다. 엄마는 기모노의 허리띠를 매면서 또는 화장을 고치면서 그것들을 대충 훑어봤다. 통신문에 준비물이 적혀 있거나 도장을 찍어야 하면 아줌마에게 부탁하라고 했다. 엄마는 시험지를 보고도 아무 말도 안 했다. 다시 분주하게 가게로 돌아갈 뿐이었다.

미치코는 언니, 오빠, 가사 도우미 언니, 아줌마와 함께 주방에서 가져온 음식으로 저녁을 해결했다. 그 후에는 숙제를 하거나 텔레비전을 보거나 목욕을 하고 잤는데, 목욕을 할 때도 잠을 잘 때도 늘 곁에는 엄마 대신 도우미 언니가 있었다.

늘 복도 건너편에 서 있던 엄마

이렇듯 미치코의 어린 시절에는 엄마와 함께한 기억이 없었다. 미치코가 유치원생 무렵 열이 나 휘청대는 미치코를 엄마가 안고 병원에 데려갔던 기억이 있지만, 이때 엄마는 섬뜩하게 느껴질 만큼 기분이 언짢았다. 병원에서 돌아온 후 도우미 언니에게 미치코의 옷을 갈아입히고 재우라고 말하고는 또 분주하게 가게로 건너갔다.

복도 이쪽 편에 있을 때 엄마는 항상 분주하게, 때로는 화장기 없는 얼굴을 한 채 종종걸음으로 바쁘게 돌아다녔다. 그러나 복도 건너편으로 가면 뛰거나 하지 않았다. 여유롭고 품위 있는 사람이 돼서는 행동도 말투도 아름다워졌다. 가게 매출이 오르기 때문인지 표정과 얼굴빛 모두 단번에 고와졌다. 미치코는 복도 이쪽 편의 엄마는 그다지 좋아하지 않았지만 복도 건너편의 곱고 우아한 엄마는 무척 좋아했다.

쓰러진 할머니, 냉정한 엄마

그러던 어느 날, 할머니가 쓰러지면서 엄마가 가게 일을 도맡게 됐다. 장사에 재능이 있었는지, 엄마가 가게 살림을 맡은 후 역 앞 빌딩과 교외에 생긴 대형 쇼핑센터 안에 지점을 내는 등 가게는 점점 커졌다. 미치코가 중학생이었을 때는 마침 매장을 늘리던 시기여서 엄마는 눈코 뜰 새 없이 바빴다.

뇌졸중으로 몸이 불편해진 할머니는 안채에서 생활했다. 할머니를 보살피는 일은 예전부터 일해온 가사 도우미 아줌마의 몫이었다. 도우미 아줌마만으로는 일손이 모자랐는지, 도우미 언니가 그만둔 후에는 또 다른 도우미 아줌마가 할머니를 돌보러 집에 드나들었다.

그 무렵 미치코의 형제들은 도우미 아줌마가 돌봐주지 않아도 스스로 주방에 가서 그날 먹을 음식을 가져올 만큼 성장한 상태였다. 언니는 대학생, 오빠는 고등학생이었다.

학교에서 돌아온 미치코가 할머니 방으로 건너가면 할머니는 불편한 입으로 예전처럼 이렇게 말했다.

"왔구나. 간식은 받았니?"

하지만 할머니는 더 이상 손녀의 손을 잡고 주방으로 갈 수 없었다. 그렇게 생각하니 미치코는 가슴이 메는 듯했지만, 정작 오랫동안 할머니와 함께 일해온 엄마는 이런 감정을 느끼지 못하는 것처럼 보였다.

엄마가 할머니에게 말을 거는 횟수는 하루에 단 2번으로, 아침 문안 인사 때 "어머님, 안녕히 주무셨어요?"라고 하는 것과 저녁 무렵 가게에 나갈 때 "어머님, 다녀올게요"라고 하는 게 전부였다. 엄마가 집에 오는 시간이면 할머니는 이미 주무시고 계셨다. 엄마는 할머니에게 말을 걸기는 해도 할머니의 수발은 전혀 들지 않았다. 목욕을 시키고 병원에 데려가는 일 모두 도우미 아줌마의 몫이었다.

엄마가 적성에 맞지 않는 사람

'엄마는 왜 할머니를 좀 더 상냥하게 대하지 않을까?'

이게 미치코가 엄마에게 느끼는 감정이었다. 온종일 의자에 앉아 있는 할머니 곁에서 책을 읽거나 빈둥거리는 사이 의문이 점차 커진 미치코는 어느 날 가게 일을 마치고 기모노 손질을 하고 있던 엄마에게 이렇게 말해봤다.

"할머니 말이야, 외롭지 않을까?"

"할아버지도 이제 일을 그만두시잖니. 혼자 지내실 날도 별로 안 남았는데 뭐."

"그렇지만…."

엄마에게 외면당했다는 마음과 섬뜩함에 놀라 미치코가 말을 잇지 못하고 머뭇거리자, 웬일인지 엄마가 미치코 쪽으로 시선을 돌리더니 이렇게 말했다.

"안쓰럽다는 생각이 들면 네가 그렇지 않게 해주면 되잖아."

차분하고 조용한 목소리였지만, 더는 쓸데없는 말을 하지 말라는 듯 들려 미치코는 입을 다물었다. 미치코가 중학교 2학년 때의 일이었다.

이 무렵부터 미치코는 엄마에게 부정적 감정을 품기 시작했다. 사업가, 유능하지만 냉정한 사람, 손님과 가족을 대하는 얼굴이 다른 사람, 며느리도, 아내도, 엄마도 적성에 맞지 않는 사람. 미치코는 점차 엄마를 그렇게 평가하게 됐다.

그 후 할아버지가 가게를 그만뒀고, 할아버지는 몸이 불편해진 할머니를 휠체어에 태우고 종종 산책을 나섰다.

그런데 어느 날, 아버지가 할아버지에게 말했다.

"이 부근에 아버지, 어머니 얼굴을 아는 사람들이 많잖아요. 그러니 너무 자주 가게 주변을 돌아다니지는 마세요."

미치코는 아버지에게 이런 말을 시킨 사람이 엄마라는 사실을 알고 있었다.

아버지가 이렇게 말한 지 얼마 되지 않아 할아버지와 할머니는 근교 고급 실버타운에 입주했다. 할아버지와 할머니가 실버타운에 들어가고 머지않아 미치코 가족도 근교 아파트로 이사했다. 가게는 대대적인 리모델링 공사에 들어갔다. 미치코 가족이 살던 집도 정자풍 객실이 되면서 거리의 한 모퉁이가 전부 가게로 바뀌었다. 엄마가 분주하게 뛰어다니던, 초등학생 미치코가 걸었던 긴 복도는 주방과 안쪽 객실을 잇는 통로가 됐다.

엄마에 대한 평판과 딸의 고독

미치코가 수험생일 때도 엄마는 특별히 걱정하는 기색이 없었다. 학부모 상담 때 역시 분주하게 나타나서는 선생님과 웃는 얼굴로 얘기하고 돌아갔다. 졸업식 때도 분주하게 나타나서 아는 누군가에게 인사하고 돌아갔다.

요릿집 여주인으로 일하는 엄마의 몸짓과 기모노 맵시는 다른 엄마들과 비교가 되지 않았다. 인사하는 모습에도 절제된 화려함이 감돌아 다른 사람의 시선을 끌었다. 지역 내에서는 모르는 사람이 없는 엄마였다. 엄마를 몰라도 가게 이름은 알았다. 아름답다, 세련됐다, 상냥하다, 유능하다, 현명하다, 부지런하다, 예의 바르고 붙임성 좋다, 겸손하다 등등 미치코는 엄마를 칭찬하는 말을 수없이 들었다.

집에서는 아무 일도 하지 않는다고 하면 사람들은 이렇게 말했다.

"그야 그렇지. 그런 큰 가게를 운영하니까 집안일에 신경 쓰지 못하는 게 당연하잖아."

자식에게 관심도 없다고 하면 "그래도 모두 훌륭히 자랐잖아"라는 말을 들었고, 할머니를 전혀 돌보지 않는다고 해도 "어쩔 수 없지. 가게가 있으니까. 할아버지, 할머니도 이해하실 거야"라는 말을 들었다. 무슨 말을 한들 엄마의 지위는 꿈쩍도 하지 않았다. 그렇게 엄마에 대한 평판이 높아질수록 미치코의 마음속에는 불만이 쌓여갔다.

고등학교 입학시험 전날 밤, 엄마가 "혼자서 갈 수 있겠어?"라고 물었을 때, 미치코는 자신도 모르게 "엄마가 같이 가줄 거야?"라고 반문했지만, 혼자서 못 가면 도우미 아줌마에게 부탁하려 했다는 엄마의 대답을 듣고 무척 실망했다. 엄마가 입학식, 졸업식에 온 것도 중학교 때가 마지막이었다. 대학교 입학시험을 치르기 위해 도쿄에 갔을 때는 친언니가 함께 가줬다.

고등학생 시절, 미치코는 빈혈이나 원인을 알 수 없는 복통으로 자주 자리에 누웠다. 생리통도 심했다. 이럴 때도 언제나 도우미 아줌마가 간호해줬다. 아줌마의 극진한 간호를 받으면서도 미치코는 방치됐다는 기분을 지울 수 없었다.

한번은 열사병으로 쓰러져 3일 정도 입원했는데, 이때조차 엄마는 단 한 번도 병원에 오지 않았다. 퇴원한 뒤에 '딸이 죽을지도 모른다는 생각은 안 했느냐'고 묻는 미치코에게 엄마는 대답했다.

"죽을 정도면 의사 선생님께서 말씀해주셨겠지."

이때 미치코는 생각했다.

'그렇구나. 엄마는 정말로 죽을 것 같을 때만 걱정하는구나.'

합리적인 사고방식일지는 모르겠으나 미치코는 어쩐지 서

운했다.

도쿄에 있는 대학에 진학한 미치코가 지낼 하숙집을 찾고 생활용품을 사준 사람도 친언니와 도우미 아줌마였다. 가게 이름을 말해도 놀라는 사람이 없고 엄마의 칭찬을 듣지 않아도 되는 도쿄에서의 대학 생활은 쾌적했다.

처음으로 맞이한 여름방학 때는 오랜만에 딸을 만나면 부모님도 반갑게 맞아줄지 모른다는 실낱같은 희망을 품고 고향 집에 갔다. 하지만 아버지는 "그래, 왔냐?"라고 말했을 뿐이었다. 엄마는 마치 지금도 미치코와 함께 살고 있는 듯 "어서 와"라고만 말했다. 미치코가 대학생이었을 때는 또다시 가게를 리모델링하고 있어서 아버지와 엄마 모두 바빴던 탓에 딸이 집에 와도 특별한 이벤트라고는 전혀 없었다.

딸의 결혼과 출산에도 달라지지 않는 엄마

미치코가 배우자감으로 무조건 다정다감하고 걱정 많은 남편을 고른 것은 미치코를 따라다니는 '아무도 나를 걱정해주지 않는다'는 마음 때문이었는지도 모른다.

미치코보다 1살 많은 남편은 다정하고 말수가 적은 사람이었다. 미치코와 같은 지방 출신으로 아버지는 건설 회사에 근무하는 회사원, 어머니는 전업주부인 평범한 가정에서 자랐으며, 당시 지역 내에 거점을 둔 사무기기 제조 회사에 취직이 결정된 상태였다. 두 사람은 미치코가 대학을 졸업하면 결혼하기로 약속했다.

미치코의 졸업식이 다가오자 두 사람은 각자의 부모님에게 결혼 얘기를 꺼냈다. 시가에서는 집안이 너무 차이 난다며 난감해했지만, 남편이 부모님을 설득했다. 미치코의 부모님은 '그 회사라면 먼 곳으로 가지 않아도 된다'는 이유로 특별한 반대 없이 순순히 승낙했다. 시부모님은 일단 결혼을 허락한 후로는 사돈의 체면을 생각해 결혼식 절차와 방식 등에 대해 아무런 요구도 하지 않았다.

결국 결혼식의 주도권, 즉 세부 내용을 결정할 권리를 미치코 쪽, 정확히는 미치코의 부모님이 쥐게 됐고, 미치코는 결혼식과 피로연 모두를 제 뜻과는 달리 성대하게 치러야 했다.

남편 하객 수에 맞춰 우리도 청첩장 수를 줄이면 어떻겠느냐고 말하는 미치코에게 엄마는 이렇게 대꾸했다.

"그게 무슨 말 같지도 않은 소리니? 평소 신세 진 분들께 실례잖아."

'딸보다 그 사람들이 더 중요하구나…' 하는 생각에, 미치코는 자식의 행복을 위해서라면 아무 요구도 하지 않고 자식 말을 들어주는 부모를 둔 남편이 부러웠다.

미치코의 부모님은 피로연 또한 친정집 쪽에서 하자고 주장했으나 양쪽 집안의 중간쯤에 위치한 오사카 시내 호텔에서 하기로 결정됐다.

미치코는 기대했던 웨딩드레스만큼은 엄마와 고르게 돼 내심 기대했지만, 엄마는 느긋하게 살펴보는 성격이 아니었다. 드레스 대여점에서 "이거랑 그거, 저거로 할게요"라고, 말 그대로 쫓기듯이 결정했다. 직원이 '이런 옷도 있다'고 권해도 "아, 필요 없어요. 평범한 옷이면 돼요"라며 눈길도 주지 않았다. 뭐든 척척 결정되는 바람에 미치코는 새 신부 특유의 설렘을 전혀 느낄 수 없었다.

결혼 후 순식간에 1년이 지나고 미치코가 주부 역할에도 익숙해졌을 무렵, 남편이 도쿄로 발령을 받았다. 이사하는 날에도 가사 도우미 아줌마가 이사를 도와주러 왔다.

도쿄에서 근무하게 된 후로 남편은 통근 거리가 늘어나 매일 밤늦게야 집에 왔고 휴일 출근도 많아, 도쿄로 이사 온 뒤 미치코는 쭉 고독했다. 이런 와중에 아이가 생겼다. 미치코는 남편과 상의해 예정일 1달 전에 친정에 가 그곳에서 출산한 후 3개월 정도 몸조리를 하기로 했다. 늦은 밤에나 돌아오는 남편이 신생아와 아내를 돌보기는 힘들 거라고 생각한 까닭이다.

친정에 간 미치코는 아무도 없는 아파트에서 태어날 아이의 옷 등을 준비하며 지냈다. 그리고 예정일보다 일주일 정도 빨리 딸을 출산했다. 아이가 태어났을 때는 부모님 모두 손녀를 보러 왔지만 그 외의 일은 모조리 도우미 아줌마가 해줬다.

시부모님은 아이가 태어난 다음 날 병원에 왔다. 사돈댁에 맡겨두기만 해서 죄송스럽다고 말하는 시어머니에게 미치코는 하마터면 "친정 부모님은 산후조리 같은 거 안 해주세요"라고 말할 뻔했으므로, 그저 어색한 미소만 지어 보였다.

주말에는 남편이 아내와 딸의 얼굴을 보러 왔다.

"힘들었지? 곁에 있어주지 못해서 미안해."

이 말에 미치코는 그만 눈시울이 뜨거워졌다. '당신 곁에 있고 싶다'는 남편의 마음 씀씀이가 고마웠던 것이다. 하지만 남편은 곧바로 도쿄로 가버렸고, 이틀 후 미치코는 퇴원했다.

엄마는 가족보다 가게가 중요해?

친정에서 출산한 미치코는 내심 엄마가 물심양면으로 자신을 지원해주리라 기대했다. 그러나 엄마는 손녀가 태어난 후에도 전과 똑같았다. 할머니가 쓰러졌을 때와 다를 바가 없었다.

엄마는 아침에 일어나면 "잘 잤니?"라고 인사했고, 텔레비전을 보면서 도우미 아줌마가 차려준 아침을 먹었다. 그리고 신문을 대강 훑어본 후에는 "그럼, 나갔다 오마" 하고 외출했다.

정오가 지났을 무렵 집에 돌아온 엄마는 기모노로 갈아입은 다음 또다시 "다녀올게" 하고 나갔다.

할머니가 집에 계셨을 때와 다른 점은 집에서 나갈 때 손녀의 얼굴을 들여다보며 "아기야, 엄마 힘들게 하면 안 된다"라고 말하는 정도였다. 아이가 장난감인 양 기분 내킬 때 가끔 안아주는 걸 제외하면 아무것도 해주지 않았다. 밥을 해주는 사람도, 목욕을 도와주는 사람도, 기저귀 빠는 것을 염려해주는 사람 역시 엄마보다 나이 많은 도우미 아줌마였다.

'이렇게 방치해두면서 어쩜 저렇게 태연할 수 있지?', '손녀를 봐주고 싶다는 마음이 안 드는 건가?' 등등 미치코의 마음속에는 점차 불만이 쌓여갔다.

하루는 아기가 한밤중에 자지 않고 계속 자지러지게 울었다. 미치코는 밤새 젖을 먹이고 아기를 어르느라 한숨도 자지 못했다. 그런데 다음 날 아침, 엄마가 밥을 먹으며 말을 꺼냈다.

"저렇게 심하게 울어서야. 이제부터는 가게에서 자야 하나?"

30평이 넘는 아파트였다. 더욱이 미치코와 아기가 자는 방은 부모님 방과 붙어 있지도 않았다. 할 말을 잃은 미치코에게 엄마는 또다시 말했다.

"넌 낮에 자면 되겠지만…."

미치코는 분노와 슬픔으로 가득 차 뭐라 반문하고 싶었지만 선뜻 말이 떠오르지 않아 "엄마한테는 가게가 제일 중요하구나!"라고 겨우 대꾸했다.

그러자 엄마가 눈을 동그랗게 뜨며 이렇게 말했다.

"아니야, 그렇지 않아. 가게보다 가족이 중요하지."

엄마의 말에 미치코의 마음속에서 뭔가가 툭 끊어졌다.

"거짓말하지 마. 지금도 아기가 우니까 가게에서 자려고 했으면서. 딸이나 손녀보다 가게가 우선이잖아!"

미치코는 감정적으로 소리치고 말았다. 이 말을 듣고도 엄마는 눈 하나 꿈쩍 않고 차분한 목소리로 말했다.

"바보 같은 소리 하지 마. 그리고 가게가 있으니까 너도 멋대로 집에 오는 거 아니야. 어느 쪽이 중요하냐고 묻는 네가 더 이상해."

그러고는 식탁에서 일어나더니 "그럼, 나갔다 오마" 하고 외출해버렸다.

홀로 남겨진 미치코는 도우미 아줌마의 시선에도 아랑곳하지 않고 울음을 터뜨렸다. 슬프다기보다 분하다는 편이 더 적절했다. 도우미 아줌마는 모녀의 대화도 들리지 않고 미치코가 우는 모습도 보이지 않는다는 듯 평소처럼 집안일을 했다.

한바탕 울고 난 미치코는 남편에게 데리러 와달라고 전화했다. 처음에는 친정에서 푹 쉬는 편이 좋지 않겠느냐고 말하던 남편도 친정에 있으면 오히려 마음이 불편하다고 주장하는 미치코의 말에 못 이겨 휴가를 받는 대로 연락하겠다고 약속했다.

남편의 휴가 날짜가 결정돼 부모님에게 다음 날 남편이 데리러 온다고 통보했을 때도 두 사람은 맥이 풀릴 만큼 담담하게 "아, 그래?" 하고 말했다. 여태껏 그래왔듯이 아줌마의 도움으로 짐을 싼 미치코는 출산 후 거의 1달 만에 아이와 함께 도쿄 집으로 돌아왔다.

친정에 발길을 끊은 딸

이날 이후 미치코는 친정에 발길을 끊었다. 친정에서도 어차피 혼자 지내야 한다면 자유롭게 움직일 수 있는 내 집이 더 낫다고 남편에게 설명했다.

시가에 갔을 때도 친정에는 들르지 않았다. "아버지, 어머니께서 기다리시지 않니?"라고 묻는 시부모님에게는 이렇게 설명했다.

"친정집은 사람들이 아무 때나 드나들어서 아이가 조금 더 자란 후에 데리고 가려고요."

그렇지만 언제 다시 갈지는 자신도 몰랐다. 남편과 시부모님에게 설명한 친정에 가지 않는 이유가 평계에 불과하다는 사실을 알고는 있었지만, 진짜 이유가 뭔지까지는 스스로도 알지 못했다.

미치코는 그럴 리 없다고 단념하면서도 마음 한구석으로 엄마가 손녀 얼굴을 보고 싶으니 친정에 오라고 말해주기를 기다렸다. 엄마가 그렇게 말할 때까지 손녀 얼굴을 보여주지 않겠다는 고집 비슷한 감정도 있었다. 여태껏 겪어온 이런저런 일을 떠올리며 분노에 사로잡히기도 했고, 부모에게 뭔가를 기대해봤자 허무해질 뿐이라는 체념 비슷한 감정도 있었다.

엄마는 생일, 크리스마스, 어린이날 같은 기념일이면 적지 않은 돈을 보내왔고, 손녀 앞으로 엽서를 보내기도 했다.

"우리 손녀딸에게. 생일 축하한다. 건강하지? 할아버지 할머니도 건강하단다. 많이 먹고 많이 놀고 쑥쑥 자라거라."

엽서를 보면 눈가가 촉촉해졌지만, 어째서 눈물이 나오는지 모를 일이었다. 엽서 앞부분에는 항상 미치코에게 보내는 메시지가 작은 글씨로 쓰여 있었다. 계절 인사와 안부를 묻는 말이었다.

"미치코에게. 올해는 유난히 더운 것 같구나. 몸조심해라."

이런 문구를 보며 미치코는 사실은 딸을 잊고 살면서 일부러 기억하고 있다고 어필하는 것처럼 느꼈다. '고작 이런 말로 해결할 작정인가?' 같은 분노인지 절망인지 혐오인지 분간하기 어려운 감정에 휩싸였다.

'언제, 어떻게 될지 모르니 건강할 때 손녀 얼굴을 보여줘야 하지 않을까?' 하는 조바심과 죄책감 비슷한 감정도 들었으나, 엄마에게 전화나 답장을 할 마음은 물론 고맙다고 말할 마음조차 들지 않았다. 당연히 엄마가 집에 없을 시간에 전화를 걸어, "돈이랑 엽서, 잘 받았어요. 고마워요" 하고 자동응답기에 메시지를 남기는 게 고작이었다. 통화 연결음이 들리는 동안 스스로 '누군가 전화를 받을지도 모른다'고 생각하고 있음을 깨달았지만, 미치코는 그 생각이 두려움 때문인지 기대 때문인지도 알지 못했다.

EPISODE 4

뭐든 해내는 야무진 엄마
(딸: 사토코, 엄마: 게이코)

엄마의 잔소리를 듣지 않았던 어린 시절

사토코는 엄마 게이코와 단둘이 산다. 모녀만의 조용한 생활을 해온 지 10년 가까이 됐다. 그 10년에는 아버지와 할아버지, 할머니의 제사, 두 언니의 출산, 이사 등으로 정신없었던 해도 있었지만, 중요한 일은 거의 엄마와 큰언니가 처리해 사토코는 대체로 순탄히 생활했다.

사토코의 엄마는 결혼한 후론 쭉 전업주부였고 시부모의 병간호를 했으며 임종까지 지켰다. 큰언니가 결혼할 때는 아버지가 있었지만 작은언니가 결혼할 때는 아버지가 세상을 떠나고 없었기 때문에, 엄마는 혼자 자리를 보전한 시어머니를 돌보면서 동시에 작은딸의 결혼에 필요한 모든 일을 도맡아 했다. 말하자면 사토코가 생각하는 엄마의 모습은 '뭐든 해내는 야무진 사람'이었다.

사토코가 보기에 엄마는 사토코의 언니들, 특히 큰언니의 일에는 관심이 많았지만 밑으로 내려올수록 어찌 되든 상관없다고 생각하는 듯했다. 큰언니에게는 사소한 일로도 이런저런 잔소리를 했고, 두 사람은 공부나 성적 문제로 자주 말다툼을 벌였다. 그러나 사토코 본인은 공부나 성적과 관련해 엄마에게 잔소리를 들은 기억이 없었다.

막내기도 해서 집안 문제와 어느 정도 거리를 두는 것이 허용됐던 사토코였는데, 최근 2~3년 사이 엄마와 함께하는 생활에 염증을 느끼고 있었다. 그중에서도 사토코에게 가장 큰 스트레스는 저녁 식사였다.

먹기 싫어도 먹어야 하는 엄마의 요리

사토코가 언제부터 엄마의 시선을 불편하게 느꼈는지는 분명치 않다. 언제부턴지 엄마는 매일 아침 출근하는 사토코를 배웅하면서 "오늘은 ○○을 만들어둘게"라고 저녁 식사 메뉴를 알려주기 시작했다. 예전에도 그런 날이 있었을지 모르지만 신경이 쓰이진 않았는지 기억에 없다. 어찌 됐든 언니들의 출산과 이사로 어수선한 일들이 어느 정도 정리되고 나서 얼마 지나지 않아 엄마가 매일 아침 저녁 메뉴를 말한다는 사실을 깨달았다.

왜 그 말을 들으면 가슴이 답답해지는지는 알 수 없었다. 하지만 사토코는 매일 아침 "오늘 저녁은 ○○이야"라는 엄마의 말을 들으면 기분이 언짢아진다. 특히 누가 봐도 손이 많이 가는 요리일 때는 언짢음이 2배로 커진다. 엄마가 기대하라거나 기뻐해달라고 말하는 것 같기도 하고, 어쩐지 미안함을 느껴야할 것 같기도 했는데, 아무튼 스스로도 이런 불쾌한 기분이 드는 이유를 알 수 없었다.

엄마와 둘이서 식사할 때는 더더욱 고통스러웠다. 목구멍을 억지로 벌리다시피 해 밥을 먹는데, 답답함까지 함께 삼키는 듯해서 무척 괴로웠다. 사토코가 억지로 먹는 것 같으면 엄마는 '무슨 일 있느냐'고 묻는 듯한 얼굴로 딸을 바라본 다음 "억지로 먹지 않아도 돼"라고 말하지만, 사토코는 "그만 먹을게"

라고 말하지 못한다. 억지로 먹지 않아도 된다는 말에는 '어차피 나 같은 거…' 하는 뉘앙스가 담겨 있어서, '엄마에게 상처를 줬다'는 견디기 힘든 죄책감이 들기 때문이다. 그래서 사토코는 젓가락을 든 손이 멈추지 않도록 신경 쓰면서 먹는다.

'이제 못 먹겠으니 그만 먹겠다'고 한 적이 한 번 있었다. 그때 엄마는 "그래"라고 말하고는 남은 음식을 그대로 음식물 쓰레기통에 버렸다. 엄마의 행동을 보고 사토코는 엄마가 자신을 책망하는 듯한 느낌을 받은 동시에 공포를 느꼈다.

이 사건 이후 사토코는 무조건 참고 먹는다. 도저히 다 먹지 못하겠다는 생각이 들 때는 밥을 먹기 전에 "내일은 점심을 먹으면서 회의를 하니까 이건 도시락 반찬으로 싸 갈게"라고 말하고 스스로 도시락 통에 옮겨 담는다.

이렇듯 식사에 집착하는 엄마지만, 사토코는 지금껏 소풍과 같은 특별한 날을 제외하고는 도시락을 싸 간 적이 단 한 번도 없다. 엄마가 도시락을 싸주지 않는 것은 아버지의 병간호와 할아버지, 할머니 수발로 바쁜 탓이라고 생각하며 사코토는 여태껏 엄마에게 이렇다 할 불만을 품지 않았다. 하지만 저녁 식사 때문에 스트레스를 받게 된 후로는 '대체 뭐야. 도시락은 한 번도 싸준 적 없으면서!' 하며 왠지 원망스러운 마음이 든다. 그리고 그렇게까지 생각하는 자신이 싫어 점점 더 우울해진다.

사토코는 이런 속내를 아무에게도 드러낼 수 없다. 얘기해봤자 아무도 이해해주지 않기 때문이다. 친구에게 얘기한들 "좋겠다. 집에서 그렇게 정성스러운 음식을 먹을 수 있다니…"라며 부러움을 사고, 언니에게 얘기해도 "엄마는 요리를 만들어 먹이는 게 삶의 보람이니까 그냥 먹으면 되잖아"라고 오히려 설득하려 들 뿐이다. 이런 말을 들을 때마다 입 밖으로 내지는 못해도 마음속으로는 생각한다.

'왜 내가 엄마 삶의 보람을 위해 참아야 하지? 엄마는 날 계속 방치해왔는데….'

언제나 부엌에 서 있던 엄마

엄마 게이코는 옛날부터 요리에 자부심이 있었다. 매실장아찌나 마늘장아찌는 물론 갖가지 보존식품을 직접 만들었다. 가족이 많을 때는 이 음식들을 금세 먹어치웠다. 특히 할아버지와 할머니가 살아 계실 적에는 매일 세끼를 차렸고, 사립학교에 진학한 두 언니에게도 중·고등학교 시절 내내 도시락을 싸줬다.

두 언니가 사립학교에 진학한 것은 아마도 할아버지의 뜻이었던 듯한데, 사토코 때는 아무 말도 안 하셨는지 사토코는 지역 내 공립 중학교에 진학했다. 이 학교는 급식제였다. 사토코가 고등학교에 진학할 무렵에는 아버지가 입원과 퇴원을 반복하고 있던 터라, 중학생이었던 사토코는 누구도 그렇게 말하지 않았는데도 스스로 사립학교는 힘들겠다고 생각해 공립 고등학교에 진학하기로 결정했다. 그 학교는 작은 식당이 있어서 점심은 그곳에서 우동이나 빵으로 해결했다.

큰언니는 사토코가 고등학생일 때 결혼했다. 아버지가 살아 계실 때 해야 한다며 예정을 앞당겨 식을 치렀다. 병실에서 결혼식장으로 간 아버지는 그로부터 반년 후 돌아올 수 없는 사람이 됐다.

사토코의 가족은 할아버지, 할머니와 같은 부지 내에 살았다. 할아버지가 아들 내외와 동거하기 위해 지은 집으로 처음에는 아버지와 어머니, 두 언니가 별채에 살다가 사토코가 태어난 후로는 사토코 가족이 안채로 들어오고 할아버지와 할머니가 별채로 옮겼다고 한다.

할아버지는 성미가 까다롭고 완고하며 꼬장꼬장한 인상을 풍기는 사람이었다. 무엇보다 남존여비 사상에 젖어 있어서, 사토코가 초등학생일 때는 걸핏하면 짜증을 이기지 못하고 할머니에게 호통을 쳤다. 그 이유는 물론 자초지종조차 기억나지 않지만, 할아버지의 호통 소리와 할머니의 난처한 듯한 어두운 낯빛만은 분명히 기억한다.

사토코가 고등학생 때까지 할아버지와 할머니는 거의 본채에서 생활했고 잠을 잘 때만 별채로 건너갔다. 그러나 아버지가 세상을 떠나고 1년이 지났을 무렵부터 할아버지는 할머니에게 호통을 치지 않았고 식사도 별채에서 했다. 나중에 알게 된 사실이지만 이 무렵 할머니에게 치매 증상이 나타난 탓에 이를 가족들에게 들키고 싶지 않은 할아버지가 별채에서 생활하기로 한 것이었다. 두 사람이 별채에서 생활하게 된 후로는 엄마가 삼시 세끼를 별채로 날랐다.

그래선지 사토코의 기억 속 엄마는 언제나 부엌에 서 있었다. 초등학교 시절 사토코가 일어날 무렵이면 이미 할아버지와 할머니는 식사를 마친 상태였다. 사토코가 할머니 손길에 잠자리에서 일어나 옷을 갈아입고 식탁에 앉았을 때는 중·고등학생이었던 언니들은 벌써 학교에 가고 없었다. 아침 식사를 마친 사토코가 대문을 나설 때도 엄마는 여전히 부엌에 있었다. 사토코가 학교에서 돌아왔을 때 역시 엄마는 부엌에 있었다.

할아버지는 매일 밤 반주로 술을 한 잔씩 했다. 제일 먼저 할아버지를 위한 술과 안주가 식탁에 올라왔고, 이어 할아버지와 할머니를 위한 반찬이 식탁에 놓였다. 그 뒤에는 할머니의 국과 밥을 그릇에 담았다. 할아버지의 밥은 할아버지가 "밥"이라고 말하면 그제야 담아 할머니에게 건넸다. 그럼 할머니가 할아버지에게 그 밥을 건네줬다. 할아버지는 식사 중에도 '간장',

'매실장아찌', '차' 등 오로지 단어만을 큰 소리로 외쳤다. 그럼 할아버지가 말한 음식을 엄마가 할머니에게 건네줬고, 할머니가 다시 할아버지에게 건네줬다.

시부모 시중이 끝나가면 엄마는 아이들을 불러 국그릇과 밥그릇을 식탁에 놓게 했다. 동시에 술을 마시지 않는 아버지를 위한 반찬을 차리고 아버지의 시중을 들었다. 다음으로 아이들을 위한 반찬을 차리고 아이들이 식탁에 놓은 그릇에 국과 밥을 담았다.

이때는 할아버지와 할머니, 아버지도 아직 식사 중이어서, 시작 시각이 다를 뿐 엄마를 제외한 온 가족이 함께 식사를 했다. 아버지가 안 계실 때도 아버지의 밥만 없을 뿐 순서는 똑같았다. 온 가족이 식사를 시작해도 엄마는 부엌에 서서 일을 계속했고, 할아버지와 할머니가 식사를 마칠 무렵에야 겨우 식탁에 앉았다.

당시 사토코는 이를 이상하게 여기지 않았지만, 나중에야 엄마가 할아버지, 할머니와 함께 식탁에 앉고 싶지 않아서 그랬으리라는 데 생각이 미쳤다. 할아버지에게 뭔가를 전달할 때 직접 주지 않았던 이유 또한 할아버지를 싫어했기 때문이라고 짐작한다.

엄마는 할아버지와 할머니가 별채에서 식사하게 되고 나서야 비로소 가족과 함께 식탁에 앉았다. 그때 사토코는 고등학교 2학년이었고, 아버지는 이미 돌아가시고 없었다. 큰언니도 결혼해서 엄마와 작은언니, 사토코 이렇게 3명뿐인 식탁이었다.

식사 중에도 엄마의 신경은 별채를 향해 있었다. 할아버지는 식사가 끝나면 별채 현관에서 "어이!" 하고 큰 소리로 엄마를 불렀다. 그럼 엄마는 곧장 식기를 가지러 가면서 식후에 먹을 과일과 차를 내갔다. '한 번에 가져가면 좋을 텐데…' 하고 사토코는 생각했지만 엄마는 그렇게 하지 않았다. 한번은 사토코가 "밥이랑 함께 가져가는 게 편하지 않아?"라고 물어봤다. 엄마는 그저 할아버지가 싫어한다고 대답할 뿐이었다. 게다가 엄마는 이런 일을 딸들에게는 전혀 시키지 않았다. 사토코가 "내가 갈까?"라고 물어도 엄마의 대답은 늘 같았다.

"괜찮으니까 밥이나 먹어."

할머니의 병간호를 맡은 엄마

세 모녀가 함께 식사하던 시기는 금방 끝났다. 아버지가 세상을 떠난 지 4년 후 할아버지가 쓰러진 것이다. 할아버지는 일단 목숨은 건졌으나 2개월간 입원해 있다가 의식을 찾지 못한 채 세상을 떠났다.

할아버지가 쓰러지면서 할머니가 치매에 걸렸다는 사실이

밝혀졌다. 2달 동안 병문안을 왔던 사토코의 고모들, 즉 아버지의 누나와 여동생은 누구 하나 자기 엄마를 돌보겠다고 말하지 않았다.

할아버지의 장례식이 끝나고 49제 때 모인 고모들은 자진해서 '집의 상속은 포기하겠다', '땅도 증여분 정도의 돈만 받으면 상속을 포기하겠다'고 말했고, 엄마는 이를 받아들였다. 집과 땅은 할머니와 엄마, 사토코 자매들의 것이 됐다. 엄마는 집, 땅과 함께 치매 걸린 시어머니를 상속받은 셈이었다.

한동안 할머니의 상태를 살핀 엄마는 할머니를 홀로 별채에 둘 수 없다고 판단하고 본채로 데려왔다. 그 뒤로 할머니를 중심으로 한 생활이 시작됐다. 이때 사토코는 대학생, 작은언니는 직장인이었다.

조부모와의 동거가 당연한 생활을 해왔지만, 치매에 걸린 할머니를 친자식 중 그 누구도 맡지 않고 피 한 방울 안 섞인 엄마가 돌보는 게 사토코에게는 어쩐지 부당하게 느껴졌다. "가끔은 고모들에게 맡기면 어때?"라거나 "순서대로 돌보면 어때?"라고 엄마에게 제안해봤으나, 엄마는 그러겠다고 하지 않았다. 분명 치매가 점점 더 심해질 테니 요양 시설을 찾아보자는 의견도 받아들이지 않았다.

마치 '논외'라고 말하는 듯한 엄마의 반응을 사토코는 이해하기 어려웠지만, 고모들 입에서 불평불만이 나오지 않게 하겠다는 고집 비슷한 것이 느껴지기도 했다. 여전히 엄마는 절대 딸들에게 병간호를 도와달라고 하지 않았다.

엄마는 할머니 일에는 그 누구도 관여하게 하지 않겠다는 듯이 완고하게 도움을 거부했다. 딱히 엄마를 돕고 싶지는 않았으나 그런 엄마의 모습에 사토코는 희미하게나마 자신도 거부당하는 듯한 느낌을 받았다.

누구의 도움도 받지 않는 엄마

돌봐야 할 할머니가 있었던 탓에 엄마는 집 밖으로 한 발자국도 나갈 수 없었다. 특별히 뭔가를 사야 할 때는 작은언니의 차로 할머니와 함께 외출하기도 했지만, 생활용품 중 자연식품은 택배와 생활협동조합의 배달 서비스로 해결했다. 자연식품 배달 서비스는 계절이나 수확량에 따라 양이 제각각이어서 많이 배달된 식품은 조리해 냉동실에 보관했다.

대가족일 때와는 달리 이제는 먹는 양이 그다지 많지 않아서 만들어둔 음식은 점점 쌓여만 갔다. 결혼한 큰언니가 올 때마다 이것저것 챙겨주는데도 여전히 줄지 않았다. 그러는 사이 엄마는 새 냉동고를 샀고, 별채를 식량 창고처럼 사용하기 시작했다.

할머니가 자리에 눕게 된 무렵부터 엄마는 사토코가 어렸을 적에 그랬듯이 하루를 내내 부엌에서 보냈다. 먹지도 않는 음식을 만드는 것처럼 보일 때도 있었으나, 그 당시 사토코는 엄마가 요리 이외의 취미는 가질 수 없으리라고 생각했다.

그리고 이 무렵부터 엄마는 레시피가 복잡한 음식을 만들기 시작했다. 손자가 왔을 때를 위해서라며 케이크를 구워 냉동하게 된 것도 이때부터다.

할머니가 자리에 누운 지 얼마 지나지 않아 작은언니가 결혼했다. 엄마는 자리보전하게 된 할머니를 두고 이제는 별로 손이 많이 가지 않는다고 표현했지만, 뭘 하든 남의 손을 빌려야만 하는 할머니를 돌보는 게 보통 일이 아니란 사실은 변함없었다. 사토코는 불평 한마디 없이 할머니를 돌보며 담담하게 작은언니의 결혼식 준비를 해내는 엄마를 보고 생각했다.

'이 사람은 당해낼 수 없겠구나.'

사토코와 엄마, 단둘만 남았을 때도 엄마의 태도는 변하지 않았다. 그 모습에서 사토코는 누구의 도움도 받지 않겠다는 엄마의 강한 의지를 감지했다. 엄마는 모든 사람에게 마음을 닫은 것처럼 보였고, '할머니에게도 나에게도 상관하지 마' 하고 온몸으로 말하는 듯했다.

할머니가 돌아가신 후에도 엄마는 남은 자질구레한 일들을 혼자서 묵묵히 처리해나갔다.

딸의 영역을 침범한 엄마

굳이 따지자면 딸의 관여를 거부해왔던 엄마가 언제부턴가 사
토코의 행동에 주목하기 시작했다. 사토코도 모르는 사이에 책
상 위에 꽃이 꽂혀 있거나 쿠션 커버가 바뀌어 있었다. 사토코
는 엄마가 자신의 영역을 침범한 듯한 그리고 그 흔적을 일부
러 남기고 간 듯한 기분이 들었다.

아침에 출근하면서 엄마가 저녁 메뉴를 알려주기 전에 오늘
은 집에서 저녁을 안 먹는다고 말하면 "무슨 약속?", "몇 시쯤
올 거니?"라고 질문했다. 송년회처럼 밥을 먹는 자리일 때는 아
무 말도 하지 않았지만 저녁부터 회의가 있어 몇 시에 끝날지
알 수 없다는 식의 얘기에는 '식사가 나오는지' 물었다. 식사는
안 나오지만 적당히 해결하고 들어오겠다고 하면 엄마는 이렇
게 말했다.

"그럼 집에서 먹어라. 오늘은 ○○을 만들 거니까. 늦게 와
도 돼."

송년회 같은 약속이 있다고 하면 "술도 나오지? 너무 늦지
않도록 해"라고 말했다. 이런 말을 들으면 사토코는 통금이 있
는 아이처럼 귀가 시간이 신경 쓰였다. 어찌 됐든 감시받는 것

처럼 마음이 불편했고, 점차 엄마의 존재가 무겁게 느껴졌다.

사토코는 직장에서 활기차게 일하는 나이 많은 여성의 얘기를 하면서 엄마가 어떻게든 자기가 아닌 다른 일에 흥미를 느끼도록 유도해봤으나 별다른 효과는 없었다. 사토코가 해외여행을 가는 여성 상사 얘기를 하며 엄마도 가면 어떻겠냐고 물으면 엄마는 말했다.

"혼자서는 못 가."

사토코가 다시 "나랑은 같이 갈 거야?"라고 물으면, 엄마는 "글쎄"라고만 대답할 뿐 간다고는 말하지 않았다. 엄마는 밀어도 당겨도 꿈쩍조차 하지 않는 벽 같았다.

딸의 제안을 모조리 거부한 엄마는 변함없이 묵묵히 요리를 만들었고, 매일 아침 사토코에게 저녁 식사 메뉴를 얘기했다.

EPISODE 5
폭력적인 엄마
(딸: 다키코, 엄마: 지요노)

엄마의 막말

74세인 지요노의 딸 다키코는 52세로 남편과 둘이 살고 있다.

다키코의 아들 둘은 각각 취직해 독립했다. 큰아들은 작년에 결혼했고, 작은아들도 사귀는 사람이 있다고 한다.

다키코는 자식 일은 전혀 걱정하지 않지만, 매일 '엄마에게 지적받을지도 모른다'는 두려움 속에서 산다. 두 아들이 상급 학교에 진학했을 때도 엄마는 '그런 학교밖에 가지 못하느냐'며 비아냥댔다. 또 큰며느리의 친정 부모가 무슨 일을 하는지 들었을 때도 못마땅한 얼굴로 "어묵집 딸이냐!" 하고 막말을 했다. 엄마에게 이런 말을 들으면 다키코는 심하게 질책당한 듯한 기분이 들어 울적해진다.

엄마가 인정하는 사람은 고위 공무원이나 대학교수, 의사, 변호사 같은 이른바 엘리트뿐이다. 대학교수라도 국립대학이나 명문 대학의 교수 외에는 인정하지 않는다. '그런 삼류 대학의 교수 따위.' 이 말이 다키코의 남편, 즉 사위에 대한 엄마의 평가다. 유일하게 인정하는 점은 사위가 도쿄대를 졸업했다는 것인데, 이마저도 엄마는 "도쿄대를 나와 저런 대학밖에 일할 곳이 없다니…" 하고 비아냥댄다.

성격이 서글서글한 남편 게이타는 이런 말을 들어도 "지당하신 말씀입니다"라며 전혀 신경 쓰지 않지만, 다키코는 남편처럼 의연하게 넘길 수가 없다.

아들에게는 상냥하지만 딸에게는 엄격한 엄마

지요노는 엄격한 엄마였다. 우연히 본 호적등본에서 친자식이라는 사실을 확인하기 전까지 다키코는 '나는 어딘가에서 데려온 자식이 아닐까?' 하고 진지하게 의심했을 정도였다.

엄마는 다키코와 여섯 살 터울인 남동생 슈를 맹목적으로 귀여워했다. 남동생을 바라볼 때의 얼굴과 다키코를 바라볼 때의 얼굴이 완전히 다르다는 사실을 고등학생 때 깨달았다. 그러나 초등학생인 남자아이를 귀엽게 여기는 것은 당연하다고 스스로 납득시켰다. 엄마의 표정이 얼마나 다른지 깨닫기 훨씬 전부터도 다키코는 엄마가 남동생을 대하는 태도와 자신을 대하는 태도에 하늘과 땅만큼의 차이가 있음을 느끼고 있었다.

초등학생 때 다키코는 뿌리채소류를 싫어했다. 무나물볶음 같은 반찬은 구역질이 날 만큼 싫어했지만 엄마는 가차 없었다. 반찬을 남기는 건 조금도 용납하지 않았고, 다키코가 싫어하는데도 이런 반찬을 계속해서 만들었다.

엄마의 날카로운 눈초리 아래서 메슥거림을 억누르며 밥을 먹는 시간은 말 그대로 지옥이었다. 뿌리채소류가 들어간 반찬 하나를 안 먹겠다고 하면, "그래? 그럼 아무것도 먹지 마"라며 눈앞에 있는 다른 반찬과 밥까지 전부 치워버렸다. 엄마의 극단적인 행동에 항복 선언을 하듯 '먹겠다'라고 하면, 눈앞에 무가 든 접시를 탁 놓고 그것부터 먹으라고 했다. 그야말로 고문이 따로 없었다.

딱 한 번, 엄마의 눈을 피해 접시에 담긴 무를 찌개에 넣었다가 엄마에게 들키고 말았다. 엄마는 다키코의 뺨을 찰싹 때린 다음, 목덜미를 붙잡고 찌개가 든 냄비 앞으로 끌고 갔다. 그리고 무슨 짓을 했는지 말해보라며 딸을 몰아세웠다.

"어쩜 이렇게 못됐는지 모르겠네. 나이도 어린 게 벌써부터 이런 짓을 하다니, 대체 커서 뭐가 되려고 그래!"

그러고는 주방 바닥으로 다키코를 패대기쳤다. 무를 둘러싼 이 같은 공방은 다키코가 초등학교 3~4학년 때까지 계속됐다.

여섯 살 어린 남동생 역시 뿌리채소류를 싫어했다. 서너 살 때부터 무나물볶음이 있으면 남겼고, 국에 든 무도 먹지 않았다. 그러나 남동생이 무를 싫어하는 것에 대해 엄마는 아무 말도 하지 않았다. 그뿐 아니라 남동생이 유치원에 들어갈 무렵, 즉 다키코가 초등학교 5~6학년 무렵부터 더는 뿌리채소류를 식탁에 올리지 않았다. 이후로 엄마는 득의양양한 표정으로 이렇게 말했다.

"슈는 당근을 햄버그스테이크 안에 넣으면 모르고 잘 먹는 다니까."

"만두 안에 넣으면 무가 들어 있는지 모르겠지?"

이때도 다키코는 차별을 당한다기보다는 엄마가 새로운 조리법을 개발했다고 이해했다. 엄마가 억지로 먹이지 않으면서 다키코의 뿌리채소 편식은 점차 사라졌다.

차별 대우는 이외에도 셀 수 없을 만큼 많았다. 한 예로 고등학교 1학년 때 참고서를 사달라는 다키코에게 엄마는 '성적이 30등 안에 들면 사주겠다'고 했다. 다키코는 무리라고 생각했지만 열심히 공부한 결과 2학년 첫 시험에서 30등 안에 들었다. 30등 안에 들었으니 참고서를 살 돈을 달라고 하자 엄마는 이렇게 말했다.

"그건 1학년 때 한 약속이지. 2학년이 됐으니까 안 돼. 참고서를 사고 싶으면 10등 안에 들어."

예상치 못한 대답에 다키코가 아무 말도 못하자, 엄마는 "30등 안에 들었으니까 이제 참고서 같은 건 필요 없잖아!"라고 귀찮다는 듯이 말했다. 이때 엄마는 기분이 언짢아 보였고, 다키코는 엄마가 딸의 성적이 오른 것을 무척이나 못마땅하게 여긴다는 인상을 받았다. 물론 엄마는 남동생의 참고서 비용은 아끼지 않았다.

또 다키코는 초등학교 입시 학원을 그만둔 이후 어떤 사교육도 받지 못했다. 초등학교 6학년 때인가, 학원에 보내달라고 부탁한 적이 있었는데, "학원에 다녀야 할 정도로 멍청하다면 못해도 돼!"라는 대답만이 돌아올 뿐이었다.

그 무렵 남동생은 초등학교 입시 학원에 다니고 있었다. 그 후에도 목적에 따라 이런저런 학원을 거쳐 초등학교 4학년 때는 본격적인 입시 학원으로 옮겼다. 당시 고등학생이었던 다키코는 엄마에게 말했다.

"슈는 학원을 안 다니면 좋은 학교에 못 가나 봐?"

최대한 비꼬듯 내뱉은 말이었다.

"너 때랑은 시대가 다르잖아. 수준도 다르고. 목표치도 너랑은 다르단 걸 모르겠니?"

비꼬려 한 말에 오히려 면박을 당한 다키코는 언제나 그랬듯이 입을 다물 수밖에 없었다.

끊이지 않는 엄마의 폭언과 폭행

엄마는 다키코에게 줄곧 '쓸모없다', '서툴다', '센스가 없다' 같은 막말을 해왔는데, 이런 악담은 어린 시절부터 계속되고 있었다.

다키코가 유치원에 다닐 때의 일이다. 어버이날 참관 수업 시간에 아이들이 종이로 만든 화환을 엄마의 목에 걸어주는 이벤트를 했다. 이날을 위해 아이들은 엄마에게 편지를 썼고, 둥글게 만 종이를 이어 붙여 화환을 만들었다. 다키코는 자신이 열심히 만든 화환을 걸어줄 때 엄마가 작은 목소리로 이렇게 말한 것을 똑똑히 기억한다.

"정말 손재주가 없구나!"

다키코는 당황해서 엄마의 얼굴을 쳐다봤지만, 엄마는 딸과 눈을 마주치려 하지 않았다. 집에 갔을 때 화환은 쓰레기통에 버려져 있었다. 다키코가 그걸 봤다는 사실을 안 엄마가 말했다.

"색을 고르는 센스가 최악이야. 연결 부분도 지저분하고."

고작 유치원생이었던 다키코는 이런 화환을 엄마의 목에 걸어줘 엄마를 창피하게 만들었다며 자책했다.

이처럼 어린 시절 다키코는 엄마에게 아무리 폭언을 들어도 '내가 잘못했으니까', '내가 제대로 못하니까' 엄마가 그렇게 말하고 행동하는 것이라 생각했다.

엄마는 꾸중만 한 것이 아니었다. 자주 손찌검까지 했다. 뭔가 마음에 들지 않으면 자, 청소기 손잡이, 빗 등 손에 잡히는 물건으로 다키코를 때렸다. 시험 점수가 나쁘다고 때렸고, 태도가 나쁘다고 때렸으며, 남동생을 괴롭혔다고 때렸다.

그래도 다키코는 엄마를 무척 좋아했다. 엄마는 무서운 사람이었지만 그 누구보다 다키코가 칭찬받고 싶고 인정받고 싶은 상대였다.

엄마보다 자기 자신을 더 싫어하게 된 딸

그러나 이 생각은 중학생 때부터 변하기 시작했다. 엄마는 여전히 다키코에게 자주 화를 냈다. 엄마가 뭔가 시켜서 그 일을 한창 하고 있으면 '도움이 안 된다', '뭐 하는 거야', '정말 손재주가 없다니까', '쓸모없는 것' 등등의 폭언이 날아왔다.

저녁 식사 후에도 엄마는 텔레비전을 보는 남동생에게는 아무 말도 하지 않고 다키코에게만 식탁에 놓인 그릇들을 치우라고 했다. 식탁을 정리하기 시작하면 "넌 꼭 시켜야만 하니?"라는 말이 들렸고, 정리하는 방법을 두고도 일일이 잔소리를 했다.

"이 그릇이랑 이 그릇은 포개면 안 돼. 흠이 생기잖아! 당연한 걸 대체 왜 모르는 거니! 너 바보야? 쓸모없는 것."

이처럼 엄마는 다키코가 뭔가를 할 때마다 지적을 폭포수처럼 쏟아냈다. 지적에 반항하는 기색을 보이면 손찌검을 했다.

이런 엄마의 평가를 들으면서 다키코는 평범하고 아무 장점도 없는 나, 다른 사람이 당연하게 하는 일도 못하는 모자란 나, 다른 사람에게 미움받아도 당연한 나, 다른 사람과 원만하게 지내지 못하는 나라는 자기 이미지를 키워나가게 됐다.

중학생이 되면서 다른 엄마들은 더 상냥하고 다른 아이들은 부모에게 칭찬이나 선물을 받는다는 사실을 알게 됐지만, 이 무렵 다키코는 엄마를 싫어하는 만큼, 아니 어쩌면 엄마를 싫어하는 것보다 훨씬 더 자신을 싫어했다.

스스로에 대한 부정적 이미지 탓에 다키코는 다른 사람이 뭔가 하자고 해도 그 말이 진심이라고 생각하지 않았다. 거기에 응하면 나중에 틀림없이 웃음거리가 될 거라고 생각했다. 그래서 기껏 말을 해준 상대에게 '바보 취급 한다'며 화를 냈다. 그러다 보니 대인 관계에서 한결같이 어려움을 겪었다.

이런 다키코에게 엄마는 '친구가 하나도 없다'며 또 폭언을 퍼부었다. 다키코의 자존감은 점점 더 바스러졌다.

딸의 결혼도 사위도 마음에 들지 않는 엄마

자신감이 없었던 다키코는 자신이 결혼을 하고 직업을 갖게 되리라고는 생각조차 하지 못했다. 엄마에게 폭언을 들으면서 이 집에서 평생 사는 수밖에 없다고 체념했을 때, 지금의 남편 게이타와의 혼담이 들어왔다. 그 이전에 들어온 혼담은 엄마의 마음에 차지 않는다는 이유로 모조리 무산됐다.

앞에서도 얘기했듯이 엄마는 엘리트 외에는 인정하지 않았다. 다키코의 외할아버지는 국립대학 교수였고, 외삼촌들은 의사, 대학교수, 이모부는 민간 싱크탱크 연구원으로, 모두 지적인 직업에 종사했다.

다키코가 결혼 적령기였을 때 남동생은 국립대학에 다니고 있었다. 그 후 연구원으로 대학에 남았지만 엄마가 인정하지 않은 탓에 지방대학에 자리가 있어도 취직하지 못했다. 그리고 마흔이 넘은 지금도 연구원 신분으로 입시 학원 강사 일 등을 하고 있다.

다키코의 아버지 야스유키 역시 학자였다. 엄마와 결혼했을 때는 교토대에 근무하고 있었다. 아마 교토대 교수를 남편으로 뒀다는 사실이 엄마의 자존심을 지키는 데 필요했을 것이다. 그 후 아버지는 지방 국립대학의 교수 자리를 얻었는데, 이때 엄마는 아이들의 교육을 위해서라도 그런 시골에는 갈 수 없다고 강력하게 주장해 결국 교토에 남았다.

다키코의 친가 또한 학자 일색이었다. 특히 아버지의 남동생, 즉 다키코의 작은아버지가 뛰어났다. 도쿄대를 졸업한 작은아버지는 도쿄대에서 근무한 후 미국의 한 대학에 자리를 얻었고, 70세가 넘은 지금도 미국에서 연구를 계속하고 있다. 시골 대학의 교수직을 얻어 그 후에도 같은 지방의 사립 여자대학에서 근무한 아버지는 엄마에게 더할 나위 없이 한심하게 보였으리라.

부부 관계는 원만하지 않았고, 지방 국립대학에서 퇴임한 후에도 아버지는 교토에 돌아오려 하지 않았다. 앞서 설명한 대로 같은 지방 여자대학의 학장을 지내다 75세에 퇴임하고도 계속 시골에 살고 있다. 다키코는 아버지가 그곳에서 알게 된 여성과 함께 살지도 모른다고 생각하지만, 그걸 엄마가 아는지 어떤지는 알지 못한다.

어찌 됐든 지금 남편은 마침내 들어온 연구자와의 혼처였다. 당시 다키코는 25세, 젊은 연구자였던 남편은 30세, 엄마는 47세였다.

혼담이 들어왔을 당시 국립대학인 오사카대에 적을 두고 있던 남편은 얼마 지나지 않아 사립대학으로 이적했다. 사위가 오사카대 정교수가 되길 바랐던 엄마의 계획은 틀어졌고, 이때부터 남편은 '그런 삼류 대학의 교수라니…' 같은 비아냥을 들었다.

결혼 후에도 엄마에게서 벗어나지 못하는 딸

다키코는 어린 시절 뭘 하든 인정받지 못했는데, 이런 사정은 결혼한 후에도 달라지지 않았다. 결혼식 때 입을 웨딩드레스를 고를 때 역시 "어떤 옷을 입어도 안 어울리는구나!", "신부 의상은 아무리 못생긴 사람이 입어도 예뻐 보이는 법인데, 너는 안 되겠다" 등등 엄마는 단 한마디의 칭찬도 하지 않았다.

다키코에게는 익숙한 일이라 특별히 화를 내지는 않았지만,

준비를 다 마치고 신랑인 게이타와 마주 섰을 때, 정말 아름답다며 환한 얼굴로 말하는 사위에게 엄마는 진지한 얼굴로 이렇게 말했다.

"이 정도로 그렇게 칭찬하면 이 아이는 우쭐해질 걸세."

다키코는 아무리 딸을 싫어한다고 해도 앞으로 딸이 인생을 함께할 사람에게 이럴 수는 없다고 생각했지만 역시 아무 말도 하지 못했다. 그때 "아니, 장모님은 농담도 참 잘하시네요" 하고 웃으며 말하는 남편의 목소리가 들려왔다. 그의 대응에 다키코는 안심했다. 그리고 이 사람과 함께라면 잘 헤쳐나갈 수 있겠다는 생각이 들었다.

남편과 함께하는 생활은 확실히 순조로웠다. 앞에서 말한 대로 남편은 느긋하고 솔직하며 정직한 사람이었다. 그 덕에 다키코는 가정 내 폭언, 빈정거림, 의문과 괴롭힘으로 가득 찬 대화에서 자유로워졌지만, 엄마에게서 해방되진 못했다. 결혼하자마자 곧 고압적인 명령조의 전화가 걸려왔다. 용건은 그날그날 느낀 불합리함이나 불편함에 대한 푸념으로, 그 끝에는 늘 다키코가 얼마나 불효녀인지 늘어놓았다.

매우 무더웠던 어느 여름날, 다키코가 전화를 받자마자 엄마는 다짜고짜 이렇게 말했다.

"너무 더워서 죽은 줄 알았다."

다키코가 대꾸할 말을 찾지 못하자 엄마는 "나이 든 부모를 이렇게 걱정하게 만들면서 너는 나이 든 부모가 무사한지 궁금하지도 않지?"라며 다그쳐 물었다. '그렇지 않다'고 대답하자 "그럼, 왜 안부 인사를 안 오는 거냐? 우리 옆집도 너랑 비슷한 나이 대의 딸이 있는데, 그 집 딸은 매주 온다. 옛날부터 차갑더라니, 그게 네 본성이었구나. 잘 알겠다!"라고 일방적으로 퍼붓고는 '탁' 하고 전화를 끊었다.

이런 전화를 받고 난 후의 언짢은 기분은 말로 표현하기 힘들 정도였다. 곧바로 친정집에 가면 엄마에게 "내가 전화해서 온 거지? 너는 누가 뭐라고 말하면 마음에도 없는 행동을 태연하게 할 수 있는 사람이구나!"라는 말을 듣게 될 게 뻔했다. 그렇다고 가지 않으면 오지 않는다며 또다시 불효를 책망하는 전화가 걸려오리라는 사실도 알고 있었다.

다키코는 점차 엄마가 불평하지 못하도록 모든 일에 선수를 쳤다. 계절마다 안부 인사는 물론 엄마의 생일, 결혼기념일, 어버이날, 경로의 날, 크리스마스 등 온갖 행사 때마다 선물을 보냈고 인사말 또한 빠뜨리지 않았다. 그러나 당연하게도 엄마에게 고맙다는 말은 듣지 못했다. "요전에 네가 보내준 과자 말이다. 엄청 느끼해서 느긋거리더라. 그래서 네 동생 직장에 갖다 줬다", "요전에 준 스카프 말이야, 노인 취향 같아서 싫더라. 그래서 올케 언니한테 줬다" 등등 뭔가를 보낼 때마다 잘도 비아 냥댄다는 생각이 들 만큼 듣기 싫은 소리를 했다.

그렇다고 아무것도 하지 않으면 또 어떤 폭언을 들을지 알 수 없었으므로, 다키코는 비아냥을 흘려들으며 엄마에게 계속 선물을 보냈다.

엄마와 아빠 사이에서 마음이 약해진 딸

어느덧 62세가 된 엄마에게 류머티즘이 생겼다. 본래 성미가 까다롭고 심기가 불편했던 엄마의 상태는 점점 더 포악해졌고, 다키코는 엄마의 심기를 살피는 일은 물론 통원과 집안일에까 지 동원됐다.

아이들이 중학생이 되면서 그다지 엄마 손이 필요하지 않게 된 덕분에 다키코는 그럭저럭 엄마를 위해 시간을 낼 수 있었 지만, 병명이 류머티즘으로 확정되자 남편과 상의해 친정집 근 처로 이사했다. 일부러 덫을 향해 가는 것이나 마찬가지라고 생각하면서도 다키코는 다른 방법이 떠오르지 않았다.

엄마의 류머티즘은 나아졌다가 나빠지기를 반복하면서 점 차 악화됐다. 그 무렵부터 엄마는 다키코에게 '아버지의 생일 에 잊지 않고 선물을 보냈는지' 같은 것을 물었다. 다키코가 선 물을 보내지 않았다고 대답하면 엄마는 폭언을 퍼부었다.

"네가 학교에 다닌 것도, 제대로 된 사람과 결혼한 것도 네 아버지가 열심히 일한 덕분인데, 이런 불효녀 같으니라고."

어찌할 도리가 없어 '보냈다'고 대답하면 '어떤 선물을 보냈느냐', '아버지가 고맙다는 말은 했느냐'고 물었다. 급기야 '네가 하는 말은 못 믿겠으니 송장을 보여달라'는 말까지 했다. 하는 수 없이 다키코는 엄마는 물론 아버지에게도 계절마다 문안 인사를 했고, 어버이날에는 선물을 보냈다. 아버지는 고맙다는 말과 함께 '집안도 신경 못 쓰는데 이렇게까지 하지 않아도 된다'며 전화를 걸어왔다.

처음에는 다키코도 적당히 둘러댔지만, 필요 없다고 하는데 계속 선물을 보내는 것도 마음이 편치 않아, 어느 날 엄마가 보내라고 시켰다며 사실을 고백했다. 그러자 아버지는 "그랬구나" 하더니, 그 후로는 연락하지 않았다. 대신 다키코에게 선물과 동일한 액수의 상품권을 보내왔다.

다키코는 어쩌면 엄마는 아버지를 만나고 싶은 게 아닐까 생각한다. 그러나 아버지는 이런 엄마의 마음이 불편할 것이다. 다키코는 마음을 거부당한 엄마가 어쩐지 딱하게 느껴졌다. 변함없이 엄마는 아버지에게 뭘 보냈는지 묻지만, 다키코는 아버지가 상품권을 보내온다는 말을 아직도 하지 못했다.

병원에서도 계속되는 폭언

최근 식욕이 떨어진 엄마는 이대로라면 기력을 잃는다는 이유로 현재 강제 입원 중이다. 그렇지 않아도 심기가 불편했는데 타의로 입원까지 하면서 엄마는 더 미친 사람처럼 변했다.

하루는 다키코가 병실 문을 열자마자 "왜 이렇게 늦어!" 하고 고함이 날아왔다. "네가 늦게 와서 쓰레기를 또 못 버렸어. 쓰레기통을 비우려면 내일까지 기다려야 하잖아!"라며 엄마는 대수롭지 않은 일로 버럭버럭 화를 냈다. 그리고 마지막에는 이렇게 덧붙였다.

"나이를 먹어도 쓸모없는 건 마찬가지라니까!"

엄마의 부탁으로 사 간 속옷의 포장을 벗기면서는 이렇게 말했다.

"이런 거밖에 없었어? 정말 센스가 꽝이구나! 이런 흉한 팬티를 입으라는 거니."

또 엄마의 부탁으로 사 간 유부초밥을 먹으면서는 이렇게 말했다.

"이 유부초밥, 더 맛있었던 것 같은데 어째 그저 그렇네. 맛이 떨어졌나?"

뭐가 됐든 칭찬이라고는 한마디도 하지 않았다. 그리고 최후의 일격을 가하듯이 "요전에 슈가 사 온 유부초밥은 진짜 맛있었는데. 걔는 금방 만든 걸 사 왔나 보다. 넌 세심하지 못해서 만든 지 오래된 걸 사 온 거 아니냐?"라고 말했다.

남동생이 사 온 것이라면 엄마는 상한 음식이라도 맛있다고 할 게 틀림없다고 생각하면서, 다키코는 세탁물 등을 모아 집에 갈 채비를 했다. 그런 다키코를 향해 엄마가 말했다.

"내일은 더 맛있는 유부초밥을 사 와라. 내 식욕이 돌아오지 않길 바란다면 오늘처럼 맛없는 걸 사 와도 되지만…."

그러고는 "네가 세탁한 옷, 주름투성이에 아주 보기 흉하니까 더 정성껏 널어!"라고 덧붙이더니 마지막에는 다키코를 흘겨보며 이렇게 말했다.

"정말 눈치가 꽝인 데다 매사 잘하는 게 없다니까!"

문득 다키코 눈에 류머티즘을 앓게 된 이래 염색을 하지 못해 하얘진 엄마의 머리털이 보였다. 건조한 공기 탓에 뻣뻣해진 머리카락이 옆으로 퍼진 모습이 어쩐지 사자처럼 보였다. 깊게 주름이 팬 얼굴을 보면서 다키코는 생각했다.

'대체 이 사람은 언제까지 저렇게 행동할까. 죽기 직전에라도 고생했다는 말 정도는 할까?'

그러자 엄마는 "왜 남의 얼굴을 힐끔힐끔 쳐다보는 거야. 알았으면 알았다고 제대로 대답을 해야지!" 하고 소리를 질렀다.

엄마의 고함을 들으며 다키코는 병실을 뒤로했다. 다키코는 엄마가 달라지는 것까지는 바라지도 않지만, 적어도 고맙다는 말 정도는 해도 좋지 않을까 생각한다.

EPISODE 6

모순투성이 잔소리꾼 엄마
(딸: 미에코, 엄마: 가즈코)

딸에게 남편 험담을 하는 엄마

미에코의 엄마 가즈코는 1946년생이다. 제2차세계대전이 끝난 다음 해 가가와현에서 태어났다. 가즈코는 아버지가 43세, 어머니가 35세 때 낳은 아이였다. 아버지가 전쟁에서 돌아온 후에 태어나서, 평화로운 시대에 태어난 아이란 뜻으로 가즈코(和子)라는 이름이 붙여졌다. 가즈코의 어머니는 가즈코가 초등학생 때 세상을 떠났다.

가즈코는 6남매 중 막내로, 가즈코가 고등학교를 졸업할 무렵 오빠와 언니는 모두 가정이 있었다. 큰오빠는 고향에 남아 아버지와 함께 살았고, 첫째 언니와 둘째 언니는 고향 사람과 결혼해 친정집 근처에 집을 짓고 살았다. 작은오빠와 셋째 언니는 오사카에 있었다. 셋째 언니는 오사카에 있는 전력 회사에 근무하는 작은오빠에게 의탁해 오사카로 갔고, 그곳에서 양재 학교에 다녔다. 그리고 양품점에서 일하다가 2년 전에 결혼한 상태였다.

고향에 있는 고등학교를 졸업한 가즈코는 셋째 언니처럼 양재 학교에 입학하기 위해 오사카로 떠났다. 1964년 당시 일본은 고도성장기의 절정에 접어들고 있었다.

양재 학교 졸업 후 백화점 채용 시험에 합격한 가즈코는 남성 용품 매장에서 일을 시작했다. 매장에서는 양재 학교 졸업생이란 점을 높이 평가받아 바짓단을 수선할 때 핀을 꽂는 일 등을 맡았다.

이런 가즈코에게 첫눈에 반한 사람이 바로 미에코의 아버지 다이조였다. 다이조는 야마구치현 출신으로, 고향에서 고등학교를 졸업하고 오사카에서 일하던 건실한 청년이었다. 가즈코는 오사카에 있는 작은오빠를 부모님 대신으로 결혼식을 올렸다. 다이조가 25세, 가즈코는 22세 때였다. 젊은 두 사람은 다이조가 근무하는 전기공업 회사 근처에 집을 빌려 신혼살림을 꾸렸고, 이곳에서 미에코와 동생 다에코를 낳았다. 그 후 1982년, 두 사람은 대출을 받아 지금의 집을 샀고 미에코가 중학교에 입학하던 해 이사했다.

그런데 1982년에 집을 산 일이 종종 부부 사이에서 싸움거리가 됐다. 가장 비쌀 때 샀다는 이유였다. 엄마의 주장은 이랬다.

"당신은 앞날을 내다볼 줄 몰라. 나는 더 빨리 사자고 했는데, 당신이 기다리라고 했지. 그사이 계속 집값이 올라서, 하필 집값도 금리도 가장 높을 때 샀지 뭐야."

그럼 아버지는 "그렇게 뭐든지 다 안다면 아무도 고생 안 하겠네"라고 대꾸하고 말았지만, 엄마는 "그래서 내가 일찍 사자고 했잖아!"라고 더 격렬하게 맞받아치면서 아버지가 "그래 당신 말이 맞아. 내가 집 사는 걸 말렸어"라고 인정할 때까지 물러서지 않았다.

그 후 엄마는 1990년대 부동산 가격이 폭락하자 '지금 팔아 봤자 대출금도 갚지 못한다'고 입버릇처럼 말했다. 은근슬쩍 아버지를 비난하는 말이었으나 아버지는 그저 엄마의 말에 수긍했다.

엄마는 미에코에게 자주 아버지 험담을 했다. 멀리 내다볼 줄 모른다는 것은 물론, 시골 사람이라 재미를 모른다며 자신도 시골 출신임은 아랑곳하지 않고 말했다. 패기가 없고 용기가 부족하며 모험심이 없는 데다가 따분한 사람이라는 게 아버지에 대한 엄마의 평가였다.

미에코의 아버지는 전기회사의 하청공사를 주로 맡아하는 회사에 근무했는데, 이 또한 엄마 마음에는 들지 않았다.

"모회사면 월급도 팍팍 오를 텐데, 역시 하청업체는 안 된다니까."

이것도 엄마의 입버릇이었다.

이럴 때 비교 대상은 전력 회사에 근무하는 작은오빠, 즉 미에코의 외삼촌이었다. 엄마는 작은오빠를 존경했다. 무슨 일만 생기면 작은오빠에게 상의했고, "오빠는 역시 달라, 말하는 스케일이 크다니까"라고 말했다. 아버지와 비교해 내리는 평가임이 분명했다.

엄마는 딸에게 하는 얘기들을 남편에게는 하지 않았다. 그리고 이렇게 말했다.

"이런 말은 네 아빠한테 하면 안 된다. 사실이지만 말하면 안 돼. 아빠는 지금도 열심히 일하고, 아빠도 남자의 자존심이라는 게 있을 테니까…. 바깥에서 기분 좋게 일할 수 있게 우리가 잘해야지."

이 말대로 엄마는 저녁때 집에 온 남편에게 "수고했어요"라고 위로의 말을 건넸고, 목욕도 아버지부터, 밥숟가락을 먼저 드는 사람도 아버지부터라는 방침을 고수했다. 엄마의 말을 믿었던 고등학생 미에코의 눈에는 이렇다 할 힘이 없는 아버지를 엄마가 교묘히 추켜세우는 듯이 보였다.

아버지와 달리 현명하고 능력 있는 엄마

미에코의 기억 속 엄마는 젊을 때 익힌 솜씨를 살려 양품점에서 아르바이트를 하기도 했고, 부업으로 집에서 바짓단 수선이나 봉제 일을 하기도 했다. 엄마 말에 따르면, 엄마는 가봉을 할 수 있고 디자인 상담도 해줄 수 있기 때문에 양품점에서 옷을 팔기만 하는 다른 아르바이트생보다 더 좋은 대우를 받는다고 했다. 또 부업인 바짓단 수선이나 봉제 일을 할 때도 양재 학교를 나온 덕에 어려운 일을 맡아서, 다른 사람보다 돈을 더 많이 받는다고 했다. 엄마는 입버릇처럼 말했다.

"부업이라고 무시하면 안 돼. 얼마나 버는지는 네 아빠에게 말하지 않았지만, 대출금 정도는 벌고 있으니까."

미에코와 동생 다에코 모두 엄마의 메시지를 정확히 이해했고, 아버지에게는 이런 말을 하지 않았다.

장을 보고 돌아오는 길이면 엄마는 이웃 사람과 자주 길에 선 채 얘기를 나눴다. 이웃에 사는 아줌마가 놀러 와 저녁 무렵까지 수다를 떨다 간 적도 있었다. 이웃에게 물건이나 먹거리, 여행 기념품 등도 자주 받아왔다.

엄마는 너무 받기만 하면 좋지 않다며 과자나 차를 직접 사서는 "값이 싸서요", "너무 많이 사서요"라며 이웃에게 나눠줬다. 시골에 사는 할머니가 과일이나 채소를 보내오면 가족이 먹을 분량만 조금 남기고 대부분 이웃 사람과 나눴다.

미에코가 고등학생 때 엄마는 집안일을 적당히 하면서 이웃 아줌마들과 함께 벚꽃 구경을 가거나 공연을 보러 다녔다. 부지런히 일하고, 열심히 놀고, 밝고 활기찬 데다가 현명하기까지 한 엄마, 친구가 많고 이웃 사람에게도 사랑받는 엄마, 이 모습이 당시 미에코가 가졌던 엄마의 이미지였다.

예상치 못한 엄마의 본심

미에코는 이웃들과 사이좋게 지낸다고 생각했던 엄마가 사실은 그렇지 않다는 사실을 직장인이 되고 나서야 알게 됐다. 직장에서의 대인 관계로 고민하는 미에코에게 엄마가 말했다.

"관계는 적당히 유지해. 너무 깊어지면 번거로우니까."

미에코가 '엄마는 꽤 원만하게 지내지 않느냐'고 묻자, 엄마는 "표면적으로야 그렇지!" 하고 대답했다. 그리고 이렇게 덧붙였다.

"사람은 믿으면 안 돼."

예전부터 누구네 집 딸은 좋은 집안에 시집간 줄 알았는데 남편이 구두쇠라 엄청나게 고생하고 있다, 누구 남편은 바람이 났다 등등 이웃에 관한 소문을 듣고 와서는 입버릇처럼 "사람은 알 수 없다니까"라고 말하던 엄마였다.

미에코는 남의 소문을 전하는 행위를 바람직하게 여기지 않았지만, 엄마가 이웃과 사이가 좋고 이웃에게 신뢰를 얻은 까닭에 이런 정보를 듣는다고 생각했다. 미에코는 엄마와 친하게 지내는 이웃 사람의 이름을 대며 그 사람은 믿지 않느냐고 물어봤다. 그러자 엄마가 대답했다.

"그쪽에서 나를 믿는 거야. 내 입이 무겁다고 생각하나 봐. 그 사람은 입이 가벼워서 나는 조심스럽게 대하려고 하는데 말이야."

그러면서 상대를 가려서 얘기해야 한다, 자기 집안의 일을 술술 말하면 안 된다고도 말했다. 하지만 미에코는 이렇게 말하는 엄마는 정작 이웃에게 아버지의 험담을 하고 다닌다는 사실을 알고 있었다. 또 아무에게나 미주알고주알 얘기해서는 안 된다고 말할 땐 언제고, 대인 관계가 뜻대로 되지 않아 고민이라고 하면 다시 이렇게 말했다.

"너는 비밀이 많아서 다른 사람과 친하게 지내지 못하는 거야. 나처럼 뭐든지 다 얘기하면 사람들이 다가오게 돼 있어."

그럴 때마다 미에코는 마음속으로 중얼거렸다.

'엄마야말로 믿지 못하겠어.'

일관되지 않은 엄마의 조언과 태도

엄마가 이랬다저랬다 한 게 그때뿐만은 아니었다. 고등학교 입시를 앞두고 미에코는 사립에만 지원할지, 사립과 공립 둘 다 지원할지 고민했었다. 엄마에게 상의하니 엄마는 '공립에 가면 좋겠다'고 했고 미에코는 둘 다 지원하겠다고 했다. 엄마는 '둘 다 지원했다가 공립에 떨어지면 수준 낮은 학교에 가야 한다'고 말했다. 이 말을 듣고 불안해진 미에코는 다시 물었다.

"그럼, 한 단계 낮은 공립학교에 지원하는 게 좋을까?"

그러자 엄마는 대답했다.

"넌 정말로 소심하구나!"

상황이 이렇다 보니 미에코는 어떻게 해야 할지 도무지 판단이 서지 않았다. 결국 선생님의 조언을 받아 처음 생각한 학교에 지원하기로 결정했다. 이 결정에 대해 엄마는 이렇게 말했다.

"그래서 내가 그렇게 질척질척 생각하지 않는 게 좋다고 했잖니. 정말 일일이 신경 쓰이게 한다니까!"

당시 중학생이었던 미에코는 신경 쓰인다는 말에 엄마를 귀찮게 한 자신이 한심하고 부끄럽게 느껴졌다. 이런 감정은 미에코에게 점차 익숙해졌다.

2년제 대학에 들어갈 때는 엄마에게 이런 말을 들었다.

"문학부처럼 취업에 도움도 안 되는 학과에 가봤자 별 볼일 없어. 너는 영양사나 보육사가 될 수 있는 학과에 가라."

미에코는 이 말에 따라 영양사의 길을 선택했다. 그런데 같은 대학 영문과에 다니는 미에코의 친구를 보고 엄마는 "역시 영문과에 가겠다고 생각한 아이는 분위기가 다르다니까. 식품영양학과처럼 실용적인 학과에 다니는 애보다 품위 있어 보여"라는 게 아닌가. 미에코는 '영양사가 되라고 엄마가 말하지 않았느냐'고 말하고 싶은 마음을 꾹 참고 "그럴지도 모르겠네" 하고 맞장구를 쳤다. 그러자 엄마는 다시 이렇게 말했다.

"너는 영양사가 될 거지만, 영문과 다니는 애들 같은 분위기도 좀 익혀라."

그렇게는 못한다고 말하는 미에코에게 엄마는 무슨 근거로 하는 말인지는 모르겠으나 '너라면 할 수 있다'고 말했다.

이후 대학을 졸업한 미에코는 급식 센터에서 일하기 시작했다. 일은 꽤 힘들었다. 가장 나이가 어린 미에코가 영양사로서 자기보다 나이 많은 조리사들에게 지시를 내려야 했기 때문이다. 조리사들은 나이 어린 영양사가 왔다고 환영해줬지만, 지금까지는 그렇게 하지 않았다는 이유로 미에코의 지시를 좀처럼 받아들이지 않았다.

집에 돌아가 일이 힘들다고 하소연하면 엄마는 "네가 의연하게 행동하지 않아서 그래" 또는 "조리사의 마음을 움직이는 것도 네가 해야 할 일이야!"라고 말했다. 처음에는 미에코도 엄마의 말이 맞는다고 생각해 그렇게 해보려 했지만 뜻대로 되지 않았다. 의연하게 행동하려 했는데 잘 안 됐다고 전하니 이번에는 엄마가 이렇게 말했다.

"너처럼 나이 어린 애가 의연하게 행동하려면 아직 한참 멀었지."

이런 일이 쌓여가던 어느 날, 미에코가 엄마의 조언대로 나이 많은 조리사를 대우해줬더니 오히려 오만하게 굴 뿐 조금도 변하지 않았다고 하자 엄마는 '다른 사람 탓으로 돌리지 말라'며 불같이 화를 냈다.

이후 미에코는 엄마에게 직장 일을 상의하지 않겠다고 마음먹었다. 그래도 엄마가 먼저 "요즘 일은 좀 어떠니?" 하고 물어보는 바람에 그럭저럭 해나가고 있다고 대답했더니, 엄마는 "그렇게 생각해서 안심하고 있을 때가 가장 위험해"라며 부정적인 말을 했다. 이유를 묻자 '경험해보면 알게 된다'며 대단한 비밀이라도 되는 양 말해주지 않았다. 미에코는 이런 식의 대화에 점점 지쳐갔다.

엄마와의 대화가 불편해진 딸

업무로 지쳐 있던 미에코는 고등학생 때나 대학생 때는 신경 쓰이지 않았던 엄마의 잔소리가 점차 불쾌해졌다. 벗어놓은 신발이 가지런하지 않다, 가방이 계속 거실에 뒹굴고 있다, 세면대에 머리핀이 떨어져 있다 등등 자질구레한 잔소리였다. 옷을 빨아주는 것은 고마웠지만 "너, 그런 팬티는 언제 입는 거니?", "그 브래지어 비싸 보이던데 얼마 주고 샀어?"라며 급기야 속옷에까지 참견했다. 엄마의 잔소리를 듣기 싫어서 직접 빨아방에 널면 "가족에게 보이면 안 되는 속옷이라도 있니?"라는 말을 들었다.

엄마는 양재 학교를 졸업했다는 자부심 때문인지 미에코의 옷차림에도 심하게 잔소리를 했다. 새로 산 옷을 입으면 금세 알아채고 "그 색은 별로 안 어울린다", "그런 디자인이 요즘 유행인가 본데 품위가 없어 보이네"라고 말했다. 좋은 말은 하지 않고 듣기 싫은 말만 했다. 뭐가 됐든 일단 말이 많았다.

미에코가 집에서 요리라도 하면 옆에 와서는 오이 자르는 법부터 육수 내는 법에 이르기까지 토를 달았다. 참다 못한 미에코가 "나는 전문가잖아. 그냥 내버려둬"라고 말하면 엄마는 이렇게 대답했다.

"넌 급식 센터의 전문가잖니. 가정 요리 전문가랑은 다르지."

그래놓고 막상 완성된 요리를 맛보고 나면 "맛있다! 역시 전문가는 다르구나!"라고 감상을 말했다. 미에코는 엄마가 자신을 추켜세우고 싶은 건지 깎아내리고 싶은 건지, 칭찬하고 싶은 건지 비난하고 싶은 건지 분간할 수 없었다.

아무튼 엄마와 대화를 하고 나면 마음이 불편해졌다. 지나치게 꼬치꼬치 캐묻는 것도, 일에 별로 도움되지 않는 조언도 미에코를 질리게 했다. 더욱이 최근에는 이웃에게 이런 말을 들었다, 저런 말을 들었다며 압박을 가했다.

"뒷집에 사는 마치다 씨가 요즘 너보고 화려해졌다고 하더라. 복장에 조금 신경 쓰는 게 좋지 않아?"

"사카이 씨가 결혼은 아직이냐고 묻더라. 아무 계획도 없다고 말하기는 좀 그래서 이런저런 얘기는 나오고 있다고 했어."

대체로 이런 식이었다. 어떤 얘기든 정말로 그런 말을 들었는지 알 길이 없고 흘려들으면 그뿐이었지만, 솔직히 미에코는 기분이 좋지 않았다. 옷차림이 화려하다고 생각하는 사람은 엄마고, 슬슬 결혼하길 바라는 사람도 엄마라는 사실을 미에코는 안다. 알고는 있으나 "그렇게 생각하는 건 엄마잖아!"라고 말했다가 도리어 역정을 들은 적이 있어서 아무 말도 하지 않는다.

불리해지면 화를 내는 엄마를 비겁하다고 생각하면서도 엄마는 일단 화를 내고 나면 며칠이나 입을 다물었기 때문에 되도록 심기를 건드리지 말자는 쪽으로 마음이 기울었다. 이렇듯 미에코가 감정을 억누르고 있다는 사실을 깨닫지 못하는지, 엄마는 때때로 이렇게 말한다.

"너는 너무 조용해. 조금 더 자기 의견을 말하지 않으면 직장에서도 힘들 거야."

'내가 의견을 말하면 화내는 주제에.'

미에코는 그렇게 생각하면서 매일 마음속으로 외친다.

'아, 정말 짜증 나!'

엄마와의 갈등을 한발 물러나 바라보면

04

엄마에게 인정받고 싶다

여기까지 총 6명의 딸을 소개했다. 여섯 딸들은 모두 힘들 것이라 예상하면서도 엄마가 달라지기를 바라고 있었다. 이 바람의 공통점은 바로 '엄마가 나를 인정해줬으면 좋겠다'는 인정 욕구다.

EPISODE 3에서 다룬 미치코의 사례 또한 엄마가 나에게 관심을 가졌으면 좋겠다, 사랑받고 있다는 사실을 확인하고 싶다, 여기에 내가 있다는 사실을 알아달라는 소망으로, 일종의 인정 욕구다. 이 욕구가 채워지지 않는다고 느끼자 미치코는 친정과의 왕래를 끊었다.

미치코의 경우 부모님의 연락을 거부한 것은 아니므로 연을 끊었다고 단정하기는 어렵지만, EPISODE 1에서 소개한 료코처럼 부모와 연락을 완전히 끊은 여성도 있다. 료코는 자신에게 의지하는 엄마에게서 벗어났고, 미치코는 냉정하고 강한 엄마에게서 벗어났다. 여기에는 더는 상처받고 싶지 않다는 생각과 엄마에 대한 항의 같은 감정도 있다.

미치코의 엄마와 료코의 엄마는 딸을 따라오지 않았지만 언제까지나, 어디까지나 따라오는 엄마들도 있다. 엄마에게서 벗어나길 원하면서 그러지 못하는 딸도 있고, 일단 벗어났지만 자신이 병에 걸리거나 이혼해서 또는 부모가 나이를 먹거나 병에 걸려서 다시 엄마 곁으로 돌아가는 딸도 있다. 또 어느 정도 벗어나기는 해도 완전히 벗어나는 딸은 많지 않다.

딸들은 엄마와의 관계에서 사랑과 그리움, 짜증과 분노, 초조함과 불쾌함, 죄책감과 인정 욕구 등 복잡다단한 감정을 느낀다. 때로는 공황 발작이나 우울증 등 엄마와의 관계에서 파생된 증상으로 고통받기도 한다. 어떤 딸은 어떻게든 엄마가 달라졌으면 좋겠다는 바람으로 또는 과거에 대한 원망으로 엄마에게 폭언을 퍼붓기도 한다.

딸의 상황을 사분면으로 나타내면

엄마와 딸의 관계를 CHAPTER 2에서 언급한 사분면으로 설명하면, EPISODE 1의 료코, EPISODE 2의 아키코가 괴로워하면서 내린 엄마에 대한 평가는 3분면에 있고, EPISODE 3의 미치코, EPISODE 5의 다키코, EPISODE 6의 미에코가 내린 엄마에 대한 평가는 4분면에 있다.

미치코와 미에코는 엄마가 달라지기를 바란다. 다키코는 엄마가 고맙다는 말이라도 한마디 해주었으면 하는 정도로 엄마의 변화를 거의 기대하지 않는다. 포기했다고 말하는 편이 좋을지도 모른다. EPISODE 4의 사토코는 엄마가 자신에게 의존하지 않기를 바라면서도 엄마를 약한 사람이라고는 생각하지 않는다. 사토코의 인생에 개입하며 결코 자신의 방식을 바꾸려 하지 않는 강한 사람으로 여긴다. 아키코의 엄마만큼 분명하지는 않으나, 보살펴주는 척하며 의존하려는 엄마에게 심리적으로 지배당하는 상태라 할 법하다.

여섯 모녀의 관계를 4개의 사분면에 표시하면 오른쪽 도표와 같다. 사토코의 경우, 엄마는 친척, 할아버지와의 관계에서는 약하고 자신과의 관계에서는 강하다는 2개의 포인트로 나타낼 수 있다.

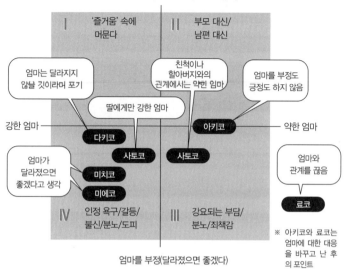

이미 눈치챘겠지만, 모든 딸들이 가로축 아래에 있다. 엄마와의 관계에서 갈등을 겪는 딸들은 모두 엄마가 달라지기를 바란다. 그리고 이 바람이 전달되지 않거나 또는 전달돼도 엄마가 받아들이지 않아 괴로워한다. 아무리 엄마가 변하길 바라도 엄마는 변하지 않는다. 그러니 결국 자신이 달라지는 수밖에 없다.

EPISODE 2에서 소개한 아키코는 죄책감과 싸우면서도 자신의 행동을 바꿔나갔다. 그리고 지금은 엄마에게 화가 날 때는 있어도 기본적으로 엄마가 달라졌으면 좋겠다는 마음은 없다. 엄마가 어떻게 나오든지 자신의 원칙을 바꾸지 않겠다고 결심했다.

얼마 전에는 아키코의 아들이 사고로 크게 다쳤다. 엄마는 손자가 걱정된다며 병원에 있는 동안에도 전화를 했지만, 아키코는 내내 무시한다. 현재 아키코는 '지금은 병원에 있으니까 나중에 전화하라'고 말하기보다 전화를 받기 힘든 상황이면 받지 않으면 된다고 생각한다.

처음에는 거부반응을 보였던 엄마 미도리도 지금은 새로운 생활 방식을 완전히 받아들였다. 그러나 엄마의 본질은 바뀌지 않았기 때문에 아키코가 방심하면 곧 원래 상태로 돌아가게 된다. 이를 잘 아는 아키코는 현재 엄마의 상태를 부정도 긍정도 하지 않는다. 굳이 위치를 나타낸다면 곧 3분면으로 이동할 것 같은 가로축 위에 있다고 생각한다.

EPISODE 1에서 소개한, 엄마에게서 벗어나 왕래를 끊은 료코는 엄마가 달라졌으면 좋겠다는 바람조차 없다. 엄마를 자신의 마음속에서 몰아낸 것이다. 외동딸인 료코는 머지않아 부모님을 보살펴야 할지도 모른다고 생각하지만, 그것은 나중 일로 지금은 생각하지 않기로 했다.

'관계의 창'이란 무엇인가

이 4개의 사분면은 미국 임상심리학자 토머스 고든(Thomas Gordon)이 고안한 부모 역할 훈련(P.E.T)의 핵심 사고법 '행동의 창'과 커뮤니케이션 분석 모델 '조해리의 창'에서 힌트를 얻은 것이다. '조해리의 창'은 미국 심리학자 조셉 루프트(Joseph Luft)와 해리 잉햄(Harry Ingham)이 타인과 원만하게 소통하기 위해 고안한 것으로, 두 사람의 이름을 따서 '조해리의 창'이라 부른다.

부모 역할 훈련의 핵심 사고법인 '행동의 창'은 위 그림처럼 상하 2개로 나눈 사각형이다. 위를 수용 영역, 아래를 비수용 영역이라 부른다. 자신이 받아들일 수 있는 상대방의 행동은 수용 영역에, 자신이 받아들일 수 없는 상대방의 행동은 비수용 영역에 들어간다.

· 행동의 창 ·

수용 영역 ← 자신이 받아들일 수 있는 상대방의 행동

비수용 영역 ← 자신이 받아들일 수 없는 상대방의 행동

토머스 고든, 《부모 역할 훈련》, 이훈구 역, 양철북, 2002

상하를 나누는 선은 자신의 상태와 상대방의 상태 그리고 환경의 영향에 따라 위아래로 이동한다. 선이 이동하는 것을 보면 같은 행동이라도 때와 상황과 상대에 따라 받아들일 때도, 그렇지 못할 때도 있음을 알 수 있다.

'행동의 창'은 자신과 연관된 모든 사람과의 사이에 있는데, 행동 대부분이 비수용 영역에 있는 상대와는 관계를 맺기 어렵다.

엄마와 딸의 관계를 나타내는 사분면에서 세로축은 '행동의 창'을 모방해 사각의 위쪽 절반을 '긍정 = 달라지지 않아도 괜찮다' 영역으로, 아래쪽 절반을 '부정 = 달라졌으면 좋겠다' 영역으로 설정했다.

그러나 아키코의 사례를 살펴보면, 아버지가 돌아가시기 전과 돌아가신 후처럼 똑같이 '긍정'이더라도 엄마에 대한 딸의 감정 상태는 전혀 달라질 수 있다. 이런 변화는 딸이 엄마에 대해 생각하는 '긍정-부정' 이외의 또 다른 평가가 변했기 때문이다. 그래서 이 평가, 즉 '강함-약함'의 영역을 나누기 위해 축을 하나 더 더한 것이 바로 4개의 사분면이다.

형태와 축을 나누는 방법은 '조해리의 창'(오른쪽 도표)에서 힌트를 얻었다. 4개의 사분면은 '행동의 창'과 마찬가지로 자신과 연관된 모든 사람과의 사이에 있다. 그래서 나는 이 창에 '관

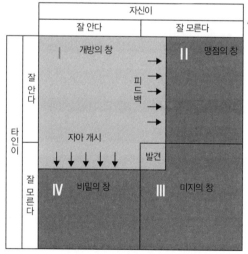

		자신이	
		잘 안다	잘 모른다
타인이	잘 안다	I 개방의 창 공개된 자아 open self	II 맹점의 창 자신은 깨닫지 못하지만 타인에게는 보이는 자아 blind self
	잘 모른다	IV 비밀의 창 감춰진 자아 감추고 있는 자아 hidden self	III 미지의 창 아무에게도 알려지지 않은 자아 unknown self

		자신이	
		잘 안다	잘 모른다
타인이	잘 안다	I 개방의 창 피드백 → 자아 개시	II 맹점의 창
	잘 모른다	발견 IV 비밀의 창	III 미지의 창

'개방의 창'을 키우면 다른 사람과 원활하게 커뮤니케이션할 수 있다고 여겨진다

계의 창'이란 이름을 붙였다. 각 창을 '엄마와의 창', '남편과의 창' 등으로 부름으로써 누구와의 관계든 나타낼 수 있다(138쪽 도표 참조).

또 하나, 나는 '조해리의 창'에서 4개의 사분면 크기를 자유롭게 바꾸는 아이디어를 생각해냈다. '조해리의 창'은 가로축을 '자신이 아는 점/모르는 점', 세로축을 '타인이 아는 점/모르는 점'으로 놓고, 원활한 커뮤니케이션을 위해서는 자신과 타인의 아는 점을 늘려 '개방의 창'을 크게 만드는 작업이 중요하다고 여긴다.

그러나 개방의 창이 크다고 해서 항상 좋은 건 아니다. 자신을 지키려면 개방의 창을 작게 만들어야 할 때도 있다. 즉, 인간관계가 다양할 때는 가로축을 때와 상황에 따라 얼마나 적절하고 자유롭게 올리고 내리느냐가 중요해진다. 마찬가지로 '엄마와의 창' 자체의 크기를 자유롭게 바꿀 수 있다면 모녀 관계는 상당히 편해진다. 엄마란 존재의 크기가 모녀 관계를 고통스럽게 만드는 커다란 요인이기 때문이다.

모든 부모 자식 관계는 긍정에서 시작된다

EPISODE 5에서 다키코가 어린 시절에는 엄마를 좋아했듯이,

지요노처럼 무자비한 엄마라도 아이는 엄마를 좋아하고 부모의 요구를 따르고자 노력한다. 어린아이에게 엄마란 전지전능한 존재기 때문이다.

어느 날 내가 한 고령의 노숙 여성과 진지하게 얘기를 나누고 있었을 때의 일이다. 네다섯 살 정도 되는 한 남자아이가 멈춰 서더니 그 여성을 찬찬히 살펴보며 "할머니는 엄마 없어요?"라고 물었다. 아마 아이의 눈에도 현재 그 여성이 곤란한 상황에 놓여 있는 것처럼 보였고, 그 이유를 엄마가 없는 데서 찾은 것이리라. 아이에게 곤란한 상황을 해결해주는 존재는 역시 '엄마'다.

어린아이의 눈에 엄마는 뭐든 알고 있고, 뭐든 할 수 있는 사람이다. 핫케이크를 굽는 일도, 다쳤을 때 치료해주는 일도, 떨어진 단추를 다는 일도 아이에게는 굉장한 일이다. 엄마는 곤란한 일을 해결해주고 맛있는 밥도 만들어준다. 게다가 아무리 기분 나쁜 일이 있어도 엄마에게 안기면 마음이 점점 편해진다. 이게 바로 어린아이 눈에 비치는 엄마의 긍정적 측면이다.

노파심에 덧붙이지만, 엄마가 만들어주는 요리가 정말로 맛있는지 그렇지 않은지는 상관없다. 아이는 엄마가 만들어주는 요리밖에 모르기 때문에 아이에게는 엄마의 요리가 최고다.

반면 아이의 눈에 비치는 엄마의 부정적 측면은 엄마가 전지

전능하다는 이유에서 비롯되는 두려움이다. 엄마가 자신을 흘겨봐도 무섭고, 화를 내도 무섭다. 엄마는 아이를 집에서 따돌릴 수도, 오늘은 밥을 못 먹는다고 결정할 수도 있다. 이렇게 결정되면 아이는 울며 사과할 수밖에 없다. 엄마가 아이의 생사여탈권을 쥐고 있는 셈이다.

더군다나 엄마는 아이에게 지시를 내리고 아이가 그 일을 지시대로 올바르게 수행하는지 감시하는 사람이기도 하다. 아이가 혼날까 봐 두려워 거짓말을 하면 엄마는 금방 눈치챈다. 상냥한 사람, 아주 좋아하지만 무서운 사람, 이게 바로 약 3~4세 미만의 아이가 생각하는 엄마다.

물론 이미 이 나이 때부터 엄마에게 사실을 말하지 않았다는 사람도 있고, 유아기 때부터 학대당했다는 사람도 있다. 이런 감정이나 경험을 얘기하기까지 아이들은 내가 잘못해서, 내가 제대로 하지 못해서 부모가 화를 낸다고 해석하고, 어떻게든 부모에게 미움받지 않으려 노력한다. 부모에게 사실을 말하지 않는 것 또한 부모에게 혼나지 않으려, 부모에게 미움받지 않으려 하는 행동이다.

이처럼 기본적으로 모든 부모 자식 관계는 1분면에서 시작된다. 딸들의 문제는 이런 어린 시절의 기억이 남아 있다는 것이다. 엄마를 굉장한 사람으로 생각해왔어도 초등학교 5~6학년쯤이 되면 세상에는 훨씬 굉장한 엄마가 존재함을 알게 된다. 또 내 부모에게도 부족한 점이 있다는 사실을 깨닫기도 한다. 그래도 여전히 엄마는 나를 감시하는 사람이자 무슨 일이 있으면 혼내는 사람이다. 엄마에게 혼이 나면 어린 시절만큼은 아니더라도 역시 두렵고 가슴이 답답해지며, 엄마가 의심스러운 눈초리로 바라보면 전혀 숨기는 것이 없는데도 어쩐지 떳떳하지 못한 짓을 한 듯한 기분이 강하게 든다. 엄마가 어떤 식으로 자신의 목덜미를 잡고 있었는지 알지 못하면 아무리 시간이 흘러도 어린 시절의 감정에서 헤어나기 어렵다.

지나치게 큰 엄마의 존재를 작게 만드는 법

좀 전에 설명했듯이 나는 두 사람 사이에 2가지 축으로 형성된 세계를 '관계의 창'이라 부른다. 갓 태어났을 때는 '엄마와의 창'밖에 없지만, 성장하면서 엄마 이외에 사이좋은 '친구와의 창'이 생기기도 하고, '직장 동료와의 창'이 생기기도 하며, 결혼하면 '남편과의 창'이 생기기도 한다. 또 아이가 태어나면 '아이와의 창'이 생기는 등 다양한 사람과 관계를 만들어나간다.

이 창들이 모두 비슷한 크기라면 '오늘은 회식이 있으니 밥을 먹고 오겠다'고 말할 때 전혀 주저하지 않을 것이다. 그러나

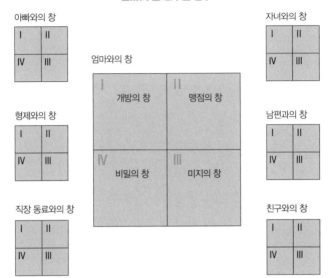

· 엄마의 존재가 큰 경우 ·

아빠와의 창

I	II
IV	III

엄마와의 창

I 개방의 창	II 맹점의 창
IV 비밀의 창	III 미지의 창

자녀와의 창

I	II
IV	III

형제와의 창

I	II
IV	III

남편과의 창

I	II
IV	III

직장 동료와의 창

I	II
IV	III

친구와의 창

I	II
IV	III

엄마와의 관계로 고민하는 딸은 엄마와의 창이 지나치게 큰 나머지 다른 사람과의 창을 우선할 수가 없다. 때로는 다른 사람과의 창을 갖는 일 자체가 불가능하다.

엄마가 죽어버리겠다고 말하기 시작했을 때의 아키코를 떠올려보자. 이 무렵 아키코에게는 남편은 물론 아이도 있었지만, 그녀의 마음은 '엄마와의 창'이 전부 차지하고 있었다. 아키코는 이 '엄마와의 창'을 작게 만들고자 애썼다.

그럼 어떻게 '엄마와의 창'을 작게 만들어야 할까. 그 방법은 바로 '객관화'다. 자신과 엄마와의 갈등 사이에 거리를 두는 것

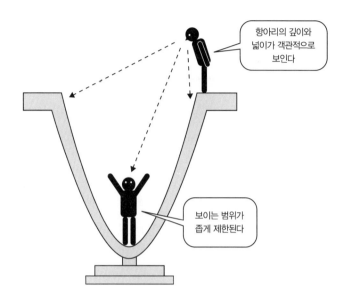

· 속 깊은 항아리 ·

항아리의 깊이와 넓이가 객관적으로 보인다

보이는 범위가 좁게 제한된다

이다. 나와 엄마의 어떤 점을, 어떻게 싫다고 느끼는지, 또 이유는 뭔지, 자신이 느끼는 갈등을 한발 떨어져서 바라보는 것이다.

　나는 객관화를 설명할 때 '속 깊은 항아리' 그림(위쪽 그림 참조)을 자주 활용한다. 항아리 안에서 발버둥 칠 때는 대체 항아리의 경사가 몇 도고, 항아리의 깊이와 넓이는 어느 정도인지 보이지 않는다. 그러나 항아리 입구 언저리에서 안을 들여다보면 항아리의 깊이와 넓이가 훤히 보인다. 그럼 그곳에서 발버둥 치는 자신의 모습이 어떤지도, 밖으로 나갈 수 있는지 없는

지도 알게 된다.

이렇듯 객관화란 자기 자신을 객관적으로 바라보는 작업이다. 자신과 엄마 사이의 갈등을 글로 써보거나 그룹 내에서 발표하거나 상담사에게 얘기하는 행위는 객관화에 도움이 된다. 이런 과정을 거치면 대체 무슨 생각을 하는지 모두지 알 수 없는, 이해 가능한 범위를 초월한 커다란 존재인 엄마를 자신과 똑같은 한 사람의 여성으로 바라볼 수 있다.

처음에는 엄마와의 관계에서 괴로웠던 점, 힘들었던 점을 얘기하는 일만으로도 벅차지만, 얘기를 하는 사이에 '그때 엄마는 왜 그런 말을 했을까?' 또는 '왜 엄마는 항상 ○○○이라고 말했을까?' 하는 의문을 품게 된다.

예전에는 엄마가 말하는 답을 곧이곧대로 받아들였다면, 이제는 이 의문들을 다른 시각에서 바라본다. 다시 말해 엄마가 평상시 자주 하는 말의 이면에 숨겨진 메시지가 뭔지 생각해보는 것이다.

EPISODE 2에서 소개한 아키코는 엄마 미도리의 '엄마가 ○○○해두었으니까'라는 말에 숨겨진 메시지가 '너는 혼자서는 아무것도 못하는 아이야'였다는 사실을 깨달았다. EPISODE 4에서 소개한 사토코의 엄마 게이코는 항상 '할아버지, 할머니가 계시니까'라는 이유로 여행을 가지 않았는데, 이 말은 진심이었을까? 1박을 하거나 가까운 곳으로 갈 때는 고모들에게 부탁할 수도 있지 않았을까? 이렇게 생각해보면 다른 상황이 보이기도 하고, 베일에 싸인 부분이 있다는 사실을 깨닫기도 한다.

퍼즐을 맞추듯이 엄마의 얘기를 채워나가다 보면, 때때로 지금까지와는 전혀 다른 엄마의 모습이 드러난다. 물론 엄마의 사연을 안다고 해서 반드시 엄마를 용서하게 되는 것은 아니다. 엄마를 이해하지만 용서하지 못할 수도 있다. 엄마를 이해하려는 작업의 목적은 어디까지나 스스로 모녀 관계의 멍에(옭아매는 것, 자유를 방해하는 것)에서 벗어나는 데 있다.

CHAPTER 3

엄마가 딸에게

상처 주는 이유

사회는 여성에게 결혼과 출산을 강요한다

같은 여성이면서 엄마가 딸을 이해하지 못하는 이유, 나아가 딸에게 상처 주는 이유는 뭘까. 이번 장에서는 이런 의문에 대답하기 위해, 한 여성으로서의 엄마 얘기를 CHAPTER 1, 2에서 소개한 딸들에게 답변하는 형식으로 다뤄보려 한다.

이 얘기에 등장하는 엄마들은 내가 모녀 관계 강좌나 상담을 통해 만난 여성들이 들려준 엄마이자 다양한 문제를 안고 상담실을 방문하는 여성들이다. CHAPTER 1, 2에서 소개한 딸들과 마찬가지로 흔히 볼 수 있는 사례를 조합한 가공의 인물이다.

그전에 먼저, 엄마가 딸이 상처받을 만한 말이나 행동을 하는 이유를 사회가 여성에게 기대하는 역할의 관점에서 설명할 필요가 있을 것 같다. 그래야만 엄마들의 얘기를 더욱 깊이 이해할 수 있기 때문이다.

엄마의 잔소리가 심한 이유

우리 주변에는 EPISODE 6에서 소개한 잔소리 심한 엄마에게 염증을 느끼는 미에코처럼 엄마의 잔소리 때문에 힘들어하는 딸이 적지 않다. 엄마의 말은 모순투성이지만 딸은 그 모순을 지적할 수 없다. 지적은커녕 모순을 깨닫지 못하는 경우도 있다. 마찬가지로 듣기 싫은 말만 계속 늘어놓아도 지적할 수가 없다. 당연히 화를 내지도 못한다. 고작 엄마에게 불쾌한 듯한 표정을 지어 보이는 것이 전부다.

EPISODE 5에서 소개한 폭력적인 엄마 밑에서 자란 다키코처럼 '내 잘못이다'라고 생각하는 딸도 있다. 불쾌함을 느끼면서도 어떻게든 엄마가 하는 말의 의미를 헤아리려 노력하는 딸도 있고, '어떻게 하면 엄마는 내가 듣기 싫어하는 말을 하지 않을까?'를 고민하는 딸도 있다.

미에코 역시 그랬다. 심한 잔소리를 견디다 못해 "나도 알아"라고 말하면, 알면 제대로 행동하라며 더 심한 잔소리를 들었다. 또 "기분 나쁜 말만 골라 하지 마"라고 말하면 엄마는 바로 그 말속에 부모의 존재 이유가 있다는 듯한 말투로 이렇게 말했다.

"부모니까 말해주는 거야. 남이면 이런 말을 하겠니?"

이 정도로 항의해서는 가즈코 같은 엄마는 꿈쩍도 하지 않는다. 이런 엄마를 둔 여성 중에 "부모의 충고에 반감을 느끼는 제가 성격이 삐뚤어진 걸까요?"라며 상담실을 찾는 사람도 있는데, 이처럼 엄마의 심한 잔소리는 딸에게 반감을 일으킬 뿐 아니라 딸을 자기부정의 감옥에 가둬버린다.

엄마들의 잔소리가 심한 이유로는 엄마들이 사회적으로 돌봄 역할을 맡아온 것, 그래서 자신을 돌아보는 습관이 형성되지 않은 것 등을 꼽을 수 있다. 이를 이해하려면 우선 사회가 여성에게 어떤 역할을 기대하는지 알아야 한다.

사회가 여성에게 기대하는 역할

'남자는 일, 여자는 가정', 이 말은 성 역할을 보여주는 대표적 사고방식이다. 사회가 남성에게 기대하는 역할은 돈을 버는 것이고, 여성에게 기대하는 역할은 가정의 일원이 되어 살림에 전념하는 것이란 생각이다.

이때 쓰이는 '역할'이란 말은, 특정한 사회적 지위나 입장에 따르는 행동에 대한 사회의 기대를 가리킨다. 이 입장에 있는 사람이라면 이렇게 행동해야 한다는 일종의 사회적 합의로, 그 사람 스스로 이런 역할을 해내고 싶다고 목표하는 주관적 역할과는 다르다.

또 '역할 기대'란 특정한 사람과 관련된 누군가가 그 사람에게 품는 기대 또는 신념으로, 그 사람이 완수해야 할 권리나 의무를 포함한다. 쉽게 설명해 '남편이라면 이렇게 해야 한다', '아내라면 이렇게 해야 한다' 같은 것이다.

사회가 여성에게 기대하는 가장 중요한 역할은 '엄마가 되는 것', 즉 아이를 낳는 일이다. 그리고 이 역할을 해내려면 누군가의 아내가 돼야 한다. 결혼식에서 흔히 '얼른 귀여운 아기 얼굴 보여달라'고 축하 인사를 하듯이, '결혼'과 '출산'은 한 몸이다. 유교 문화권에서는 결혼하지 않고 아이를 낳는 일에 관대하지 않기 때문에 임신을 계기로 결혼을 결심하는 연인도 많다.

이렇게 한 몸인 결혼과 출산에 사회는 행복의 이미지까지 덧씌운다. 결혼은 사랑의 완성이자 사랑으로 가득 찬 행복한 생활의 시작이라고 주장하며, 결혼을 둘러싼 소비에 행복의 이미지를 촘촘히 심는다. 이런 이미지는 대중매체 등을 통해 여성에게 전달된다. 연예인의 결혼식이 대대적으로 보도되고, 지금은 점차 그 수가 줄어들고는 있지만 부부와 자녀 2명으로 구성된 4인 가족이 상품 광고의 모델로 자주 등장한다.

민감한 사람이 아니면 '가족' 또는 '가정'이라는 말이 얼마나 널리 쓰이는지 알아차리지 못하지만, 결혼하지 않은 여성이나 아이를 낳지 못하는 여성은 이 같은 현실에 고통받는다.

결혼에 대한 의식을 조사한 결과를 살펴보면, '결혼하고 싶지는 않다', '적당한 사람이 아니라면 꼭 결혼하지 않아도 괜찮다'고 생각하는 사람이 조금씩 늘고 있으나 역할 기대를 바탕으로 한 결혼 압력이나 출산 압력은 여전히 커다란 위력을 발휘하고 있다.

이런 까닭에 딸이 '평범하게' 살기를 바라는 엄마가 오히려 딸에게 가장 큰 결혼 압력과 출산 압력을 가하기도 한다. 그러나 결혼하고 싶지 않은 딸, 결혼하고 싶지만 좀처럼 기회가 찾아오지 않는 딸 모두 엄마의 압력을 버겁게 느끼며, 많은 여성이 그 압력에서 벗어나고자 결혼을 선택하기도 한다.

엄마보다 아이가 먼저인 생활

결혼 압력과 출산 압력은 결혼과 출산을 했다고 끝나지 않는다. 당연한 일이지만 출산 후에는 '육아'가 기다리고 있다. 우리 사회는 육아의 1차적 책임이 엄마에게 있다고 여긴다.

이 육아로 말하자면, 혼자서 아이의 성장에 필요한 모든 일을 떠맡으려 할 경우 도저히 해내기 어려울 만큼 고되다. 남편이 돈을 벌고 아내가 육아를 전담한다는 역할 분담이 이뤄지는 것은 바로 그 때문이다. 그런데 남편이 돈을 벌어 오기만 하면 아내 혼자 육아를 전담할 수 있는가 하면, 그렇지도 않다. 이 또한 상당히 어려운 일이라, 때때로 엄마의 도움을 받거나 남편에게 도움을 청한다. 그러나 대체로 엄마들은 이 역할을 혼자서 해낸다.

이때 엄마인 여성은 사적인 용무를 전혀 처리할 수 없다. 느긋하게 식사를 즐길 수도, 샤워를 할 수도, 심지어 맘 편히 화장실에 갈 수조차 없다.

육아 강좌에서 엄마들에게 "가장 하고 싶은 일이 뭔가요?"라고 물으면, 차분한 분위기에서 식사하고 싶다, 도중에 깨지 않고 아침까지 푹 자고 싶다, 방해받지 않고 드라마를 보고 싶다 같은 답변이 돌아온다. 이런 일조차 불가능한 사람이 아이를 키우는 엄마다. 어떤 엄마는 남편이 휴일에도 출근하는 바람에 육아 중에는 치과는 물론이거니와 미용실에도 가지 못했다고 한다. 이처럼 내가 아닌 '타인'을 위한 생활을 강요받는 사람이 바로 육아 중인 여성이다.

여성은 타인을 위해 살도록 훈련받는다

06

안하무인에다 기다릴 줄 모르는 아이를 먼저 챙기느라 '나를 위해' 아무것도 할 수 없는 생활. 아이가 울거나 떠들거나 넘어지기라도 하면 모든 계획이 어그러지고 마는 생활. 이런 생활이 가능한 이유는 자기 자신을 둘째, 셋째로 미루는 행동 양식에 있다. 가히 '능력'이라 불러야 할 이 같은 행동 양식을 모녀 관계 상담에서는 '타자 우선'이라고 한다.

타자의 욕구가 여성 자신의 욕구를 억압한다

엄마가 됐다고 해서 누구나 자연스럽게 타자 우선 행동을 할 수 있는 건 아니다. 여성들은 어린 시절부터 자연스럽게 훈련받은 탓에 그렇게 행동한다.

그 훈련 중 하나가 집안일 돕기다. 텔레비전을 보든, 공부를 하든, 엄마는 "잠깐 이리 좀 와볼래?"라고 딸을 불러 집안일을 시킨다. 많은 여성이 엄마가 자신에게만 집안일을 시키고 오빠나 남동생에게는 시키지 않았다고 말하는데, 이는 가정에서만 벌어지는 일이 아니다. 학교와 직장에서도 마찬가지다. 여성들은 타자의 욕구를 충족하려 자신의 욕구를 중단하는 법을 학습한다. 마찬가지로 타자의 욕구와 자신의 욕구가 충돌할 경우 여성은 인내하는 쪽에 세워진다. 그리고 타자의 욕구를 우선해 자신의 욕구를 억제하는 법을 학습해나간다. 실제로 그룹 상담 때 다음과 같은 경험담이 나왔다.

　"오빠가 사립학교에 진학해 하숙했기 때문에 나는 고향의 공립학교에 가야만 한다는 말을 들었어요."

　"휴일에 남동생이 가고 싶은 곳과 내가 가고 싶은 곳이 다르면 항상 내게 양보하라고 했어요."

　"오빠가 수험생일 때는 나까지 덩달아 텔레비전을 보지 못했는데, 내가 수험생일 때 오빠는 텔레비전을 마음대로 봤다니까요."

　즉, 우리 사회는 타자를 배려하고, 타자의 욕구를 감지하며, 타자의 욕구를 채워주기 위해 행동하는 것을 여성의 바람직한 자질로 여기고, 그렇게 행동하도록 여성을 훈련한다. 이를 거부하면 '이기적이다', '제멋대로다', '상냥하지 않다'는 비난을 받는데, 비난 또한 훈련의 일환이다.

남자에게 사랑받는 것이 여성의 행복?

타자 우선 자세는 아이를 키우는 데만 필요한 자질이 아니다. 아이를 낳기 위해, 즉 결혼을 하기 위해서도 필요하다.

여성이 결혼을 하려면 누군가에게 프러포즈를 받아야 한다. 여성이 먼저 결혼해달라고 말하는 경우도 있지만, 행복한 결혼의 전형적인 이미지에는 반드시 마음에 둔 사람에게 받는 프러포즈가 포함돼 있다. 최근에는 얼마나 깜짝 놀랄 만한 프러포즈를 받느냐도 화제인데, 이 또한 행복의 필요조건으로 여겨진다.

마음에 둔 사람에게 프러포즈를 받는 일은 그리 간단하지 않다. '이 사람과 결혼하고 싶다'고 상대방이 생각하게끔 만들어야 하기 때문이다. 이 사람과 결혼하고 싶다고 생각하면서, 자신이 아니라 상대방이 이 말을 하게 만들려면 우선 내가 상대방이 좋아하는 스타일이어야 한다. 마음이 잘 맞는 사람이라도 다른 점이 있기 마련인데, 상대방이 나를 두고 '이 여성과는 마음이 맞지 않는다'고 인식하면 결혼으로 이어지기 힘들다.

따라서 여성들은 결정적인 대립을 피한다. 속으로는 '싫다'고 생각하면서도 말하지 않고 참는다. 상대방이 '이렇게 해달라'고 요구하면 자기 의견과는 조금 다르더라도 그 사람에게 맞춘다.

많은 여성이 단순히 친구인 남성에게는 솔직하게 자신을 내비쳐도, 좋아하는 남성에게는 그러기 어렵다고 말한다. 욕구를 있는 그대로 말하는 행위는 '여자답지 않은' 행동으로 여겨지고, 상대방이 이를 어떻게 받아들일지도 알 수 없다. 미움받고 싶지 않다, 무례한 여자로 기억되고 싶지 않다, 상냥한 여자로 기억되고 싶다는 생각 등으로 여성의 행동은 부자연스러워진다. 자신의 본모습을 있는 그대로 보여주고 프러포즈를 받은 사람도 물론 있지만, 사소한 생각 차이 같은 건 일부러 말하지 않고 참는 사람도 많다.

대부분 연애 결혼을 하는 오늘날에는 아직 보지도 못한 사람이 나와 결혼하고 싶다고 생각하게 만들려면 먼저 그 남성이 '이 여성과 사귀고 싶다'고 생각하게 해야 한다. 그러기 위해서는 남성이 나를 봤을 때 매력 있는 여성이라고 생각하게끔 나 자신을 꾸며야 한다.

그럼 남성이 사귀고 싶어할 만큼 매력 있는 여성이란 어떤 여성일까. 소녀들은 잡지와 만화, 멜로 영화에서 그 타입을 학습한다. 이때 여성들이 유혹하려는 대상은 결혼 상대가 될 가능성이 있는 남성 중 누군가이지, 구체적인 누군가가 아니다.

결혼 의식에 대한 조사 결과에 따르면, 여성은 결혼 상대에게 경제력을 기대하고, 남성은 결혼 상대의 외모를 중시한다고 한다. 소녀들은 이상형인 남성과 만나 교제한 끝에 결혼할 수 있도록, 더 많은 남성이 자신에게 호감을 느끼도록 자신을 가꿔나간다. 여성이 자기 외모를 가꾸는 행위는 결혼이란 목표를 생각했을 때 매우 합리적인 행동이다.

결혼과 육아가 행복과 한 몸인 사회에서는 행복해지려면 결혼이 필수고, 결혼하려면 연애가 필수며, 연애하려면 반드시 남성의 관심을 끌어야만 한다. 표면적으로는 젊은 여성들이 이런 의도로만 자신을 가꾸는 것은 아니지만, 심층에는 이 같은 욕망도 숨어 있다.

심리학자 오구라 지카코에 따르면, 일본 남성이 생각하는 '결혼하고 싶은 여성' 유형은 3K, 즉 '귀엽다(Kawaii)', '가볍다(Karui)', '가정적이다(Kateiteki)'라고 한다. 최근에는 여기에 경제력(Keizairyoku)의 K가 추가돼 4K가 됐다고 한다. 자신을 가꿔 남성이 원하는 '사귀고 싶은 여성'이 됐다고 해도, 더 나아가 '결혼하고 싶은 여성'이 되지 않으면 의미가 없다. 사귀고 싶은 여성으로 인식되려면 외모를 갖춰야 결혼하고 싶은 여성으로 인식되려면 추가로 4K를 충족해야 한다.

여기에 직업적 성취는 필요하지 않다. 오히려 직업적 성취에는 결혼이 가져다주는 행복을 방해하는 듯한 이미지마저 있다. 여성의 직업적 성취와 가정의 불행을 연결한 영화와 드라마는 얼마든지 있고, 이를 보고 자란 여성은 아주 쉽게 직업을 버리고 결혼 생활로 들어간다. 우리 사회는 여성이 일보다는 결혼에 야심을 불태워야만 훨씬 효율이 높고 성취도 쉬운 시스템이 형성돼 있다.

여성들은 남성에게 결혼하고 싶은 여자로 인식되도록 스스로 '귀엽고 가벼우며 가정적인 여자'를 연기하거나 이를 목표로 한다. 이 3종 세트는 여성 잡지의 단골 소재인 '패션, 화장품, 다이어트, 미식'과도 꼭 들어맞는다.

자, 이제 사회가 여성에게 뭘 기대하는지 이해했는가? 그럼 결혼하기 위해 일을 그만두고 인내를 강요하는 집으로 시집을 가 감정을 봉인해버린 여성과 다른 사람을 우선하느라 꿈을 단념하고 성장하기를 멈춰버린 여성의 에피소드를 만나보자.

자신의 인생을 살지 못한 여성
(사토코의 엄마 게이코)

결혼과 동시에 일을 포기한 엄마

EPISODE 4에서 소개한 사토코의 엄마 게이코는 타의로 직업적 성취를 단념하고 결혼했으며, 이어진 결혼 생활에서도 줄곧 인내를 강요받은 여성이다.

나가노현에서 중학교 영어 교사로 일하던 게이코는 먼 친척뻘인 사토코의 아버지 야마자키 다카시와 25세에 중매로 결혼했다. 결혼하면 오사카에서 살기로 얘기가 됐던 터라, 결혼 반년 전 퇴직하고 결혼해 오사카로 갔다. 결혼 후 5년이 지난 무렵부터는 시부모를 모시고 살았다.

마음이 썩 내키지는 않았으나, 당시 게이코는 시아버지에게 거역한다는 생각은 꿈에도 하지 못했다. 사고방식이 구식인 데다가 융통성 없고 고집 센 시아버지는 사사건건 잔소리를 했고, 아이의 가정교육에까지 참견했다. 여자가 반항적으로 말하는 것도, 자신의 지시에 따르지 않는 것도 용납하지 않았다. 며느리인 게이코에게는 손찌검하지 않았지만, 식사 준비가 늦거나 술상을 봐놓지 않으면 시어머니에게 호통을 쳤고, 때때로

폭력을 행사했다.

게이코의 친정아버지는 민주적인 사람으로, 딸들 또한 아들과 똑같이 교육했다. 이런 아버지가 다카시와의 결혼을 망설이는 딸에게 "도저히 못하겠다는 마음이 아니라면 야마사키 집안으로 시집을 가거라"라고 간청했다. 중매인과 친분이 있었기 때문이다. 아버지를 존경했던 게이코는 아버지가 바라는 결혼이란 생각에 교직에서 물러나 오사카로 시집을 갔다.

오사카 사투리는 좀처럼 익숙해지지 않았지만, 이웃과도 친해졌고 보물 같은 자식도 둘이나 얻었다. 명절 때는 반드시 시가에 안부 인사를 드리러 갔고, 수입에 어울리지 않는 많은 용돈을 드리는 게 불만이긴 했어도 처음 5년간의 결혼 생활은 나름대로 행복했다.

큰딸이 태어난 직후 시아버지는 게이코에게 '다음은 꼭 아들을 낳아야 한다'고 말했고, 작은딸이 태어났을 때는 또 '딸'을 낳았다며 아이를 보러 오지도 않았다. 이런 시아버지를 게이코는 이해할 수 없었다. 하지만 남편에게 얘기한들 아무런 반응이 없었고, 결국 시아버지에겐 아무런 얘기도 전해지지 않았다. 이를 계기로 게이코는 남편을 미덥지 못하다고 생각하게 됐다.

그러던 어느 날, 시아버지가 아들 내외와 함께 살고 싶다는 말을 꺼냈다. 아버지가 함께 살자고 하는데 괜찮겠냐고 묻는 남편에게 게이코는 이렇게 대답했다.

"내 입으로는 싫다고 못하지."

남편이 거절해주리라 기대하고 한 말이었으나 뜻대로 되지 않았다. 시가와의 합가 얘기가 나온 지 2달 후, 남편은 게이코에게 아버지가 아들 내외의 집을 따로 짓고 있어서 본가로 들어가기로 했다고 통보했다. 불만스러웠지만 한 지붕 아래에서 사는 것은 아니라고 애써 자신을 다독이며 남편의 선택을 따랐다. 만일 남편이 같은 지붕 아래에서 살자고 말했더라도 아마 당시의 게이코는 거역하지 못했으리라.

함께 살면서 친정아버지와는 전혀 다른 시아버지의 폭군 같은 행동에 게이코의 마음에는 점차 혐오감이 쌓였다. 가뜩이나 젖먹이와 함께하는 며느리 역할이 쉽지 않았는데, 동거 후 2~3년은 게이코에게 가장 괴로운 시기였다.

막내딸 사토코가 태어난 지 얼마 되지 않아 시아버지는 자신들은 별채에 살 테니 아들 내외에게 안채로 들어오라고 제안했다. 게이코는 집이 비좁다는 핑계로 다른 집을 얻어 나가고 싶었지만 이마저도 뜻대로 되지 않은 것이다.

안채로 옮긴 게이코는 '결국 이 집에서 벗어날 수 없게 됐다'고 생각했던 것을 생생히 기억한다. 암담한 기분이었다.

한심한 남편에 대한 절망

사토코가 초등학교 3학년 때, 남편이 나고야로 발령을 받았다. 이때 큰딸과 작은딸은 오사카 시내의 중·고등 통합 학교에 다니고 있었다. 게이코는 아이들이 학교를 옮기게 되더라도 남편을 따라가고 싶었다. 남편과 함께 가고 싶은 마음보다 남편의 전근을 계기로 분가하기 바라는 마음이 컸지만, 한편으로는 '힘들겠지' 하는 포기 비슷한 감정도 있었다. 그리고 게이코의 예상대로 남편 홀로 전근하게 됐다.

이때 시아버지는 '야마자키 집안은 고향을 떠나서는 안 된다'는 말도 안 되는 이유로, 야마자키 집안 아이들을 오사카가 아닌 다른 지방에서 키울 수 없다고 주장했다. 게이코는 딸만 낳았다고 기뻐하지도 않았던 시아버지의 염치없는 행동에 분노를 느꼈다. 가족이 뿔뿔이 흩어져도 고향 땅을 떠나지 말라는 시아버지의 주장에도 남편은 역시 아무런 말이 없었다. 심지어 게이코에게 큰딸과 작은딸을 전학시킬 바에야 고향에 남는 편이 더 좋겠다고 말했다. 이때 게이코는 남편에게도 절망감을 느꼈다.

종종 시부모를 만나러 오는 시누이들은 남동생의 전근 소식을 듣고도 '가족이 떨어져 살면 좋지 않다'는 말은 하지 않았다. 이사하는 게 보통 일이 아니다, 전학은 아이들에게 부담이 된다는 말로 위해주는 척 은근히 게이코를 압박했다. 시누이들의 교

활함이 느껴졌다. 이때 게이코는 누구에게도 의지하지 않고, 누구의 입에서도 불평불만이 나오지 않게 하겠다고 결심했다.

게이코는 자신이 항상 짜증으로 가득 차 있음을 자각하고 있었으나, 이는 완고하고 품위 없으며 차별적인 시아버지 탓이라고 생각했다. 시아버지만 없다면, 남편이 조금만 더 부모의 말에 거역할 수 있는 사람이었다면 얼마나 좋을까? 게이코는 곧잘 이렇게 생각했다.

남편의 한심함에 화가 났지만 생각해봤자 어쩔 수 없는 일이라고 생각했다. 생각하면 스스로 감당하기 힘든 감정에 사로잡혀 주체할 수 없었기에 되도록 생각하지 않으려 노력했다. 그러나 '나에게 수입만 있었어도' 하는 생각은 무슨 일이 있을 때마다 부글부글 끓어올랐다. 결혼과 함께 직업을 포기한 것이 후회스러웠고, 결혼을 권유한 친정아버지가 원망스럽기까지 했다.

시부모의 얼굴을 보지 않고 한집에서 사는 법

가족이 모이는 장소인 거실에는 항상 시부모가 있었다. 가능하다면 게이코는 두 사람의 모습을 보고 싶지 않았다. 하지만 그만 별채로 가서 쉬라고 말하면 시아버지에게 공격의 빌미를 줄 수도 있었으므로 그렇게 말하지는 못했다. 또 외출한다고 말하면 시아버지에게 '어디에 가느냐'고 질문할 기회를 주는 듯해 그 말도 꺼내기가 어려웠다. 시누이들에게도 외출이 잦다는 인식을 심어주고 싶지 않았다.

이 무렵 게이코는 외출을 해도 즐겁지 않았다. 아이들과 함께 산에 가지 않겠느냐고 묻는 남편에게 '내가 못 나가는 건 당신 부모 탓이다'라는 마음을 담아 "아버님, 어머님이 계시잖아"라고 거절하는 게 게이코가 할 수 있는 최대한의 항의 표시였다.

집에 있으면서 시부모와 얼굴을 마주하지 않으려면 주방에 있어야 했다. 주방에 있으면 두 사람에게서 등을 돌리고 있을 수 있었다. 계속 서 있어 피곤하면 작업용 작은 테이블에 앉으면 됐다. 아무 일도 하지 않고 주방에 있을 수는 없었지만, 손이 조금 많이 가는 만두 빚기, 밤껍질 까기 등은 앉아서도 할 수 있었다. 이런 연유로 게이코는 아침부터 밤까지 주방에 있었다.

시부모는 식비를 약간 보태주기는 했지만 그다지 큰 액수가 아니어서 게이코는 이 돈이 고맙다기보다 오히려 부담스러웠다. 손위 시누이에게 "아버지께 식비 받죠?"라는 말을 들었을 때는 '그 정도로는 부족하다'고 말하고 싶었으나 '받고 있다'고만 대답했다. "아버지, 어머니도 그렇게 많이 먹지 않으니 충분하겠네"라는 말을 들었을 때도 차마 '그렇지 않다'고 대답하지 못하고 '아버님은 대식가에다 술도 드신다'고만 말하고 자리를 피했다.

게이코는 고작 이 정도 액수로 시가 식구들이 식비를 보탠다고 생색내는 모습을 보고 싶지 않았다. 또 식비를 받으면서 음식을 대충 만든다는 오해도 받고 싶지 않았다. 그래서 언제나 식비는 예산을 훌쩍 넘어섰다. 이 습관은 시부모가 별채로 옮긴 후에도 계속됐다. 오히려 삼시 세끼 식사 나르는 일에 더 열정을 쏟았다. 누구의 입에서도 불평불만이 나오게 하지 않겠다고 다시 한 번 마음속 깊이 되뇌었다.

또 게이코 자신은 자각하지 못했지만 그런 결심 이면에는 '절대 행복해지지 않겠다'는 결의 비슷한 마음이 있었다. 행복해지는 건 마치 시부모와의 동거를 선택한 남편 그리고 자신이 싫어하는 시아버지를 용서하는 일 같았다. 이 마음을 게이코는 딸들에게 '할아버지가 계시는 한 편하게 지낼 수 없다'는 말로 표현했다.

또 자신은 시부모처럼 당연하다는 듯이 아이들을 희생시키는 부모가 되고 싶지 않았다. 자기 상황을 아이들에게 강요하지 않겠다고 맹세한 게이코는 시부모와 관련된 일로 아이들에게 도움을 요청하지 않았다. 게이코의 고집 때문이기도 했으나, 아이들이 시부모의 영향을 받는 것도 싫었다.

감정 파업

이후 큰딸과 작은딸이 독립해서 집을 떠나고 시부모가 세상을 뜬 후에도 게이코는 끊임없이 음식을 만들었다.

시부모가 있을 때는 누구도 불평불만하지 못하게 하겠다는 마음으로 만들었지만, 음식을 먹어줄 사람이 막내딸 사토코 한 사람이 되자 게이코는 처음으로 다른 사람을 기쁘게 해주고 싶다는 마음으로 음식을 만들었다. 시부모나 남편이 음식을 칭찬하면 뿌듯한 마음과 함께 그들을 기쁘게 한 자신의 행동에 분노가 치밀었다. 모순이긴 하나 화가 치민다고 해서 식사 준비를 소홀히 할 수는 없었다. 하지만 막내딸이 '맛있다'고 말해주면 마음이 흐뭇해졌다. 자신이 만든 음식을 다른 사람이 기뻐하며 먹는 모습을 바라보며 흐뭇했던 경험은 아이들이 어렸을 때 이후로 처음이었다.

사토코가 이런저런 제안을 할 때면 딸이 자신을 귀찮게 여긴다는 생각이 들기도 했지만 딸의 제안을 수용한들 즐거워지리란 생각은 들지 않았다. 큰딸과 작은딸이 집을 떠났듯이 이아이도 언제까지 내 품에 있을지 알 수 없다, 이렇게 생각하면서 게이코는 제철 식재료로 막내딸이 좋아할 만한 식단을 짰다. 게이코는 아이들에게 자기 생각을 강요하지 않기로 마음먹었던 터라 스스로 "맛있지?", "플레이팅이 봄에 잘 어울리고 예쁘지?" 같은 말을 하지 않았다. 하지만 게이코는 칭찬받고 싶었다. 당시 게이코는 누군가가 칭찬해줬다고 해도 이를 솔직하게 받아들이지 못할 만큼 감정이 무뎌진 상태였다. 감정을 계속 억눌러온 탓에 행복해지는 것, 감정을 갖는 것을 단념하게 된 게이코는 오랫동안 감정 파업 상태나 다름없었다.

▲▲▲

게이코처럼 뜻하지 않게 며느리 역할을 강요받아온 여성이나 남편에게 내연녀가 있는데도 본의 아니게 아내 역할을 연기해온 여성은 계속된 감정 파업 탓에 생기를 잃기도 한다.

　감정을 잃은 엄마를 둔 딸들은 사토코처럼 엄마를 가엾다고 느끼면서도 가슴을 짓누르는 듯한 답답함 탓에 엄마의 인정 욕구를 받아들이기 힘들어한다.

EPISODE 8

꿈을 단념한 여성
(료코의 엄마 데쓰코)

극단과의 만남

데쓰코는 자유롭고 구김살 없는 소녀였다. 지적 호기심이 왕성

한 데다가 성적도 우수했다. 대학교 2학년 때 전위 연극을 처음 접한 데쓰코는 극본을 쓰고 직접 연출을 할 뿐 아니라 주인공까지 연기하는 젊은 단장의 무한한 에너지에 강하게 이끌렸다. 또 무대의 기묘한 힘, 반항적 분위기, 어둠 같은 심오함, 사람의 마음을 후벼 파는 예리함에도 점차 매료됐다. 처음에는 열렬한 관객에 불과했던 데쓰코는 머지않아 단원들의 술자리에 참석하게 됐고, 이후 간단한 부탁을 들어주거나 무대 뒤에서 배우가 의상을 갈아입는 일을 도와줬다.

젊은 배우들은 모두 가난했다. 데쓰코에게는 그들이 한 번 피운 담배꽁초를 담뱃갑에 넣어뒀다가 여러 번 피우는 행동조차 신선했다. 이 또한 예술에 인생을 바치는 게 허용된 재능 있는 자만 할 수 있는 일처럼 보였다. 용돈을 넉넉히 받았던 데쓰코는 담배나 음료수 등을 사다 주면서 단원들의 환영을 받았다.

그러나 단장은 이런 식으로 단원들과 관계 맺는 데쓰코를 탐탁지 않게 여겼다. 데쓰코가 회식에 낄 때마다 가족들은 극단에 출입하는 걸 아는지 확인했다. 그때마다 데쓰코는 '안다'고 대답했지만, 부모님에게는 사실을 숨기고 있었다. 데쓰코의 아버지는 국가공무원이었고, 딸이 단원들과 친하게 지내는 건 부모님 모두 달가워하지 않으리라 생각했다.

중·고등 통합 학교를 나온 데쓰코는 도쿄에 친구가 많았기 때문에 친구 집에서 자고 오겠다는 거짓말도 쉽게 할 수 있었다. 대학교 4학년을 마칠 때쯤에는 단원이라 해도 손색없을 만큼 극단 일에 깊이 관여할 정도였다. 데쓰코는 예전에도 지방 공연을 보러 다녔지만, 그 무렵에는 친구와 여행을 간다고 부모님에게 거짓말을 하고 1~2박 정도 극단과 함께 움직이기도 했다.

대학교 4학년 가을, 졸업을 못하는 것이 확실해진 데쓰코는 부모님에게 학점이 부족해 졸업이 1년 늦어진다고 거짓말을 했다. 1년 안에 전부 따기 어려울 만큼 학점이 크게 모자랐지만, 당시 데쓰코는 대학을 그만둔다고 말할 각오가 돼 있지 않았다. 그렇다고 극단과 연을 끊고 대학으로 돌아갈 마음도 없었다. 데쓰코는 제대로 학점을 따지 않았다고 말하면 큰 난리가 일어나리라 생각해, 당장 눈앞에 닥친 위기를 모면하고자 거짓말을 한 것이었다.

그 사실을 들은 아버지는 학점이 얼마나 부족한 거냐고 추궁했다. 데쓰코는 어학이 2학점이라는 등 횡설수설하면서 거짓말을 밀고 나갔다. 이 사건 이후 엄마는 딸의 행동을 의심스러운 눈초리로 바라봤다. 남은 학점도 많지 않은데 매일 밖에 나가고 밤늦게 들어온다. 그동안은 친구와 놀러 간다는 데쓰코의 말을 믿었지만 어쩌면 거짓말 아닐까? 친구와 쇼핑 간다고 외출해서는 아무것도 사 오지 않고, 연극을 보러 간다고 외출해서는 팸플릿 한 장 가져오지 않는다. 그리하여 엄마는 데쓰코의 행동을 엄격히 감시하기 시작한다.

그 밖에 데쓰코의 복장 변화도 엄마의 의구심을 자극했다. 명문가 자녀답게 보수적인 옷을 입혔고 본인도 그런 스타일을 선호했는데, 어느샌가 딸이 청바지, 지나치게 헐렁한 상의나 몸에 딱 붙는 티셔츠 등을 입고 다녔던 것이다.

"옷차림이 그게 뭐니, 단정치 못하게…."

엄마는 딸의 옷차림이 마음에 들지 않았다. 엄마의 감시가 심해졌다고 느낀 데쓰코는 가출을 결심했다.

극단에서의 생활

그 무렵 데쓰코에게는 엄마의 기품 있는 모습, 아버지의 근면함과 위엄 있는 태도 모두 허상처럼 느껴졌다. 데쓰코의 눈에는 자기 가족이 고상한 척을 할 뿐 진실성 없게 비쳤고, 유사 가족 같은 극단원이 더 따뜻하고 솔직해 보였다. 틈만 나면 연극론을 불태우는 극단이 일상적인 대화만 나누는 실제 가족보다 더 내실 있는 집단으로 보였고, 자신의 가족은 공허한 집단이라고만 생각됐다.

집을 나가고 싶지만 갈 곳이 없었던 데쓰코는 평소 사이좋게 지내던 남자 단원에게 고민을 털어놓았고, 자기 집으로 오라는 제안에 그 단원의 집에서 신세를 지기로 했다.

이후 데쓰코는 대학에 자퇴 신청서를 내고 한 극단에 취직했다. 극단 일은 지방 이동이 잦았기 때문에 엄마에게는 극단에서 숙식한다고 거짓말을 했다. 대학을 자퇴했다는 사실도 이때 고백했다. 극단 이름을 묻는 엄마에게 데쓰코는 '엄마는 말해도 모른다'며 제대로 말해주지도 않고 집을 나갔다.

데쓰코는 아버지의 체면상 가출 신고는 하지 못하리라고 생각하면서도 만일을 대비해 집에 전화를 걸기도 했고, 아버지가 없는 시간대를 노려 집에 돌아가기도 했다. "극단에서는 무슨 일을 하니?"라고 묻는 엄마에게는 배우들의 스케줄 조정이나 의상 준비 등을 한다고 둘러댔다. 그러나 실제로 데쓰코가 하는 일은 그보다 더 하찮았다. 출장 요리를 부를 형편이 못 되는 극단을 위해 단원의 도시락을 최대한 저렴하게 조달하거나 찢어진 의상 뒷면에 테이프를 붙여 수선하거나 눈썰미로 의상을 만드는 일 등을 했다. 그 밖에도 연극에 필요한 소도구를 준비하는 등 극단에서 시키는 일은 뭐든 했다.

함께 생활하는 남자 단원은 극단 수입만으로는 생계를 꾸리기 어려웠던 탓에 심야에는 클럽에서 아르바이트를 하며 극단

생활을 이어갔다. 그 무렵 데쓰코는 단원들과 함께 있는 것 자체로 즐거웠고 연극에 대해 뜨겁게 토론하는 일도 좋았다. 자신은 허드렛일밖에 하지 않지만, 함께 연극을 만들고 있다는 충실감과 삶의 보람이 있었다. 단, 돈에 쪼들리는 생활은 고통스러웠다.

데쓰코는 종종 본가에 가 냉장고에 든 스테이크용 고기나 고급 담요를 가져왔다. 그럼 동거인은 무척이나 기뻐했다.

데쓰코가 다녀갈 때마다 뭔가가 사라진다는 사실을 눈치챈 엄마는 딸이 궁핍한 생활을 한다고 생각해 데쓰코가 집에 올 때면 용돈을 조금 줬는데, 이 돈이 데쓰코의 동거인을 변하게 했다. 이후 동거인은 생활이 어려워지면 데쓰코에게 집에 가서 돈을 가져오라고 요구했다.

대학 시절부터 따지면 극단 일에 관여한 지도 어느덧 7년이 지나 있었다. 이 무렵 데쓰코는 극단의 돈 관리를 맡게 돼, 이동할 때 표를 구하는 일부터 숙소 예약, 배우 관리까지 도맡아 처리했다. 관리받는 쪽이 된 동거인은 이런 상황이 마음에 들지 않는지 걸핏하면 데쓰코를 공격했다. 격렬한 싸움과 폭력이 반복되자 고민 끝에 데쓰코는 단장에게 상의했다.

"그 녀석에게 힘이 돼주고 싶으면 그 집에서 나가 녀석의 후원자가 돼라. 함께 살면서 돈을 대주면 그 녀석은 단지 너한테

빌붙어 살게 될 거다."

단장의 말을 들은 데쓰코는 자신은 그에게 힘이 돼주고 싶지 않다는 사실을 깨달았다. 집을 나올 때 도움을 받기는 했으나 그 답례는 이미 충분히 했다고 생각해 울면서 용서를 비는 남자 단원과 헤어져 자취를 시작했다. 그리고 단장에게 '무대에 서고 싶다'는 뜻을 전했다.

단장은 데쓰코에게 단역을 줬다. 스태프로 일할 때는 특별히 큰 실수를 하지 않는 한 누구나 데쓰코에게 '고맙다'고 말해줬지만 단역이긴 해도 배우가 된 데쓰코에게는 단장과 단원 모두 가차 없었다. 연습 때도 버럭 소리를 질렀고 무대가 끝난 후에도 '왜 그때 그런 식으로 움직였느냐'며 또 소리를 질렀다. 그런데도 데쓰코는 견뎠다. 연습이나 연극이 끝났을 때 'OK'라는 말을 들으면 더할 나위 없이 기뻤다.

자신의 극단 무대뿐 아니라 영화나 텔레비전 방송 엑스트라, 아동용 캠페인의 언니 역할 등 주어지는 일은 뭐든 했다. 오디션도 여러 번 봤지만 합격하지는 못했다. 그러나 극단에서는 조금씩 대사가 있는 역할을 맡게 됐다.

아버지의 병

그러던 어느 날, 데쓰코는 객석에서 아버지를 발견했다. 완전히 노인이 된 아버지는 오로지 무대에 선 딸만을 바라보고 있었다.

연극이 끝난 후 카페로 불려 나간 데쓰코에게 아버지는 암에 걸렸다고 고백했다. 아버지는 자신의 여명이 얼마 남지 않았다는 점, 데쓰코의 남동생은 미국에 있는 회사에 부임해 쉽게 돌아오기 어렵다는 점, 자신의 병간호와 사후의 일을 엄마 한 사람에게 맡기기는 걱정스럽다는 점, 데쓰코와 엄마가 평생 생활할 수 있는 돈을 준비해뒀다는 점 등을 얘기했다. 그러고는 데쓰코에게 가족을 위해 본가로 돌아와 줄 수는 없겠느냐고 간청했다.

이때 데쓰코는 단원으로서 애써온 자신의 의지가 꺾여버릴 것만 같았다. 일단 대답을 보류하고 단장에게 상의했다. 단장은 말했다.

"평생 생활하는 데 곤란하지 않을 만큼 돈이 있다면 집으로 가라. 그리고 그 돈으로 극단을 지원해."

이 대답을 들은 데쓰코는 극단을 떠나기로 했다. 단, 극단을 지원하기 위해서가 아니라 극단과 연을 끊기 위해서였다. 극단은 이후에도 계속됐고 단장은 유명해졌다. 동거했던 남자 단원도 텔레비전 드라마 등에 출연했다. 하지만 데쓰코에게는 모두 끝나버린 세계의 일이었다.

데쓰코는 극단 생활을 떠오르게 하는 물건을 전부 버리고 극단과 만나기 전의 자신으로 돌아갔다. 지적 호기심을 봉인한 채 아무것도 알지 못했던 부잣집 딸로 말이다. 그리고 엄마의 지시에 따라 주로 아버지를 간호하며 생활했고, 아버지가 돌아가신 후에는 엄마와 둘이서 아무 일도 하지 않고 지냈다. 반쯤 은둔 상태인 생활은 비록 따분하기는 했으나 가난했던 시절과는 비교가 되지 않을 만큼 쾌적했다. 매일매일 소란스럽고 시간이 부족했던 극단 생활로 돌아가고픈 마음은 들지 않았다.

그 무렵 미국에서 돌아온 남동생이 데쓰코의 처지를 걱정해 아버지의 후배에게 상의를 했고, 데쓰코는 후배 지인의 아들과 맞선을 보게 됐다. 그 상대가 바로 료코의 아버지다. 당시 아무 일도 하지 않았던 데쓰코는 청혼을 받자 그대로 결혼하기로 결정했다. 데쓰코는 결혼에 대한 환상은 물론 자신의 인생에조차 아무런 의욕이 없었다. 데쓰코는 생기발랄했던 자신은 극단에 얽힌 기억과 함께 묻어버렸다고 생각했다.

이런 데쓰코의 마음을 다시 한 번 움직이게 만든 사람이 바로 딸 료코였다. 딸과 함께하는 생활은 즐거웠다. 현실 사회로 돌아갈 마음이 없는 데쓰코는 은둔자 같은 생활을 계속하면서 아이를 키우는 쪽을 선택했다.

스스로 성장을 포기하는 여성들

데쓰코는 여성으로서, 또 인간으로서 성장을 멈춘 셈이었다. 우리 주변에는 데쓰코처럼 삶의 보람이었던 일을 도중에 그만두는 여성이 많다. 물론 남성 또한 인생의 목적이었던 연극, 스포츠 등의 일을 그만두기도 하지만 그 이유는 대개 자신의 한계를 자각했다거나 남편 또는 아버지, 후계자라는 책임감 때문으로, 누군가를 돌보기 위해 단념하지는 않는다. 당연히 대개 다음 직업 생활을 시작한다.

데쓰코처럼 누군가를 돌보기 위해 자신의 꿈을 단념한 여성 중에는 마치 과거 자체를 버린 듯한 여성이 있다. 자신이 했던 일에 어느 정도 성취감을 느끼면 그 경험을 인생의 다음 단계에 활용할 수 있지만, 그들은 자신의 경험을 어중간한 것 또는 패배로 받아들여 부끄럽게 여긴다. 그래서 꿈을 단념할 수밖에 없었던 억울함이나 그곳에서의 다양한 경험까지도 묻어버린다. 즉, 자신의 경험 일부를 상실한다.

데쓰코도 자신이 극단 일에 관여했던 시절을 긍정하지 않는다. 극단에서의 경험을 전혀 인정해주지 않는, 오히려 부정하는 세상으로 돌아온 데쓰코는 돌아올 수밖에 없었던 이유를 자신의 나약함과 재능 부족으로 인식했다. 따라서 그 기억과 관련

된 건 전부 봉인했다. 처음에는 일개 팬이었다가 스태프로 일했고 마지막에는 무대에 서기까지 했던 데쓰코에게 사회적 능력과 행동력이 없을 리 만무하지만, 그는 자신의 모든 능력을 가둬버렸다.

데쓰코는 자신이 능력을 다 발휘하면 돌보는 역할에 머물지 못하리란 사실을 마음속 어딘가에서 알고 있었는지도 모른다.

여성이 어른으로 성장하는 것을 환영하지 않는 사회, 귀여운 여성에게 가치를 부여하는 사회에서는 여성들이 무의식중에 성장을 멈춘다. 게이코나 데쓰코의 사례와는 다르지만, 자신의 성장을 기뻐하지 않는 존재 또는 성장을 방해하는 존재가 있을 때도 여성들은 성장을 멈춘다. 성장을 방해하는 존재는 남편, 엄마, 시어머니 등으로 다양하다.

엄마나 시어머니가 여성의 성장을 방해하면 그들은 아이를 낳은 후에도 완벽하게 엄마가 되지 못하고 여전히 딸인 채로 엄마가 된다. 딸 입장에서는 '할머니와 엄마와 나'가 아니라 '할머니가 엄마고, 자신과 엄마가 할머니의 아이'인 상황으로, 이로 인해 딸 또한 큰 갈등을 겪는다.

여성에게 진정한 행복이란 뭘까?

07

결혼과 출산이 행복과 한 몸이라면, 결혼 생활에서 느끼는 '행복'이란 대체 뭘까. 일반적으로는 '사랑하는 사람과 함께하는 생활', 여성에게 있어서는 '사랑하는 사람을 돌보는 기쁨'이 곧 행복이라 여겨진다. 그리고 이 돌봄 대상인 남편 덕에 '행복을 누리는 것'이 바로 결혼이 보장하는 행복이다. 결혼식 때 신랑은 신부에게 '반드시 행복하게 해주겠다'고 약속하고, 신부는 '행복해지겠다'고 말하며 이전까지의 삶에 이별을 고한다. 그리고 신랑·신부에게 하객들은 '행복하라'는 덕담을 건넨다.

그러니 이 행복의 정체가 중요한데, 지금까지 살펴본 엄마들은 EPISODE 5에서 소개한 다키코의 엄마 지요노를 제외하면 그다지 불행해 보이지는 않는다. 하지만 EPISODE 7에서 소개한 사토코의 엄마 게이코, EPISODE 8에서 소개한 료코의 엄마 데쓰코는 자신의 일부를 봉인한 채 살아가고 있다.

또 EPISODE 2에서 소개한 아키코의 엄마 미도리 역시 언뜻 행복해 보이기는 하지만, 그 행복이 딸에게 의존한 행복이라는 사실에는 변함이 없다. 데쓰코도 마찬가지다.

그럼 여성에게 행복이란 뭔지 생각해보기 위해 지요노의 이야기를 들어보자.

EPISODE 9
한 번도 행복하지 못했던 여성
(다키코의 엄마 지요노)

남편과 자녀에게 배신당한 인생

지요노는 이른바 엘리트 외에는 인정하지 않는다. 지요노의 아버지, 남자 형제, 제부 모두 지적인 일에 종사한다. 그러나 이 남성들의 배우자, 즉 엄마, 올케, 여동생 그리고 지요노는 전업주부다. 오늘날에는 대학교수의 아내면서 자신도 사회 활동을 하는 여성도 있지만, 현재 74세인 지요노 세대에는 그런 여성이 드물었다.

지요노는 남편이 고작 지방 대학의 교수인 사실이 무엇보다 불만스러웠다. 도시 생활 역시 지요노에게는 포기할 수 없는 일이라, 남편이 다른 지방의 학교로 가게 됐을 때도 함께 따라가는 걸 한사코 거부했다.

딸 다키코가 안부 인사를 하지 않는다거나 선물을 보내지 않는다고 화를 내지만 당연히 해야 하는 일이니 했다고 해서 특별히 기쁘지도 않다. 딸의 부족함을 일일이 지적하는데, 설령 딸이 지요노가 말하는 눈치 빠른 딸이었더라도 지요노는 절대 행복하지 않았을 것이다. 아마 또 다른 결점이나 불만을 찾아냈으리라.

지요노의 유일한 기쁨은 가끔 오는 아들 슈의 얼굴을 보는 것이다. 아들을 남편처럼 시골 대학의 교수로 만들 수는 없다고 생각한 지요노는 그 결과 아들의 독립을 방해하고 아들의 인생을 지배하고 있다. 시골 대학의 교수가 되면 아들은 자신의 품을 떠나게 되고 그럼 지요노의 유일한 행복이 사라지는 셈이다. 무엇보다 지요노는 아들까지 시골 대학의 교수가 되는 것을 받아들이기 힘들었다. 아들이 지방 대학교수라는 지위에 쉽게 넘어간 남편과 똑같은 길을 걷게 할 수는 없다고 생각하는 지요노는 자신을 위해 아들을 구속하고 있다는 사실을 모른다.

지요노는 현재 류머티즘이 발병해 통증에 시달리고 있는데,

이 또한 그녀를 불행하게 한다. 그리고 지요노는 인정하지 않지만 남편의 마음까지도 잃어버린 지 오래다. 법률상으로 혼인 관계기는 하나, 남편인 야스유키의 마음은 지요노 곁에 없다. 딸에게 어떤 선물을 보냈는지, 선물을 받았다는 연락이 왔는지 묻고 나서 "받았더라도 어차피 아무 말도 하지 않을 거야. 옛날부터 당연한 걸 못하는 사람이었으니까"라고 밉살스럽게 말한다. 지요노의 결혼 생활 대부분에 남편은 없었다.

남편 야스유키가 집을 나갔을 무렵, 지요노는 유치원생이었던 아들 슈에게 푹 빠져 있었다. 국립대학 부속초등학교에 입학시키기 위해 아들을 유치원생 대상의 입시 학원에 보냈고, 수영, 영어, 피아노를 가르쳤다.

딸인 다키코도 국립대학 부속유치원의 입시를 치렀지만 추첨에서 떨어져버렸다. 그 다음에는 초등학교 입시를 치르기 위해 유아 대상 학원에도 보냈지만 학원이 맞지 않았는지 한밤중에 가위에 눌리는 등 정서가 불안정해졌다. 원인을 알 수 없는 열이 나기도 했다. 당시 다키코는 남동생과 똑같이 입시 학원 이외에 수영, 영어, 피아노 학원에 다니고 있었다.

정서 불안정으로 종종 몸 상태가 나빠지는 딸을 보고 남편은 애가 너무 바쁜 것 아니냐며 한 소리 했다. 이 말이 지요노는 마음에 들지 않았다. 딸이 다니던 학원을 전부 끊고 그 후로는 아무것도 가르치지 않았다. 그리고 무엇 하나 끝까지 하지 못한다, 무엇을 시켜도 안 된다며 딸을 공격하기 시작했다. 공격이 한창일 때 아들 슈가 태어났다.

아들이 만 3세가 되었을 무렵, 지요노는 다시 한 번 교육열에 불타올라 아들을 유치원 입시 전문 학원에 보냈다. 그러나 안타깝게도 아들 또한 추첨에서 떨어졌고, 다음은 부속초등학교로 목표를 변경했다. 이때 남편은 지요노의 교육열에 대해 아무 말도 하지 않았다. 아들은 건강한 아이여서 힘든 스케줄도 아무렇지도 않게 소화해냈고, 이후 지요노는 딸에게 "슈는 너랑 달라"라는 말을 입버릇처럼 하게 됐다.

이렇게 지요노는 남편 또는 아이에게 꿈을 위탁했다가 배반당하는 인생을 되풀이해왔다. 남편은 지요노의 만류를 무릅쓰고 지방 대학에 부임해버렸다. 딸은 국립대학 부속유치원에 보내고 싶었지만 추첨에서 떨어졌고, 초등학교 입시를 치르기도 전에 입시 체제에서 탈락해버렸다. 게다가 아들 역시 딸과 마찬가지로 유치원 입시와 초등학교 입시 때 추첨에서 탈락했다. 그 후 아들은 중학교 입시, 고등학교 입시, 대학 입시, 대학원까지는 지요노의 기대에 부응했지만, 대도시권 국·공립대학의 교수직을 얻길 바랐던 기대에는 끝내 부응하지 못했다.

딸은 대학교수와 결혼해 일단 지요노의 기대대로 사는 듯했으나, 사위가 학교를 옮기면서 또다시 지요노의 기대와는 어긋난 인생을 걷게 됐다. 손자들이 진학한 대학 또한 지요노가 흡족해할 만한 곳은 아니었다.

엄마의 꿈은 가족의 성공

지요노의 꿈은 스스로 뭔가를 해내는 것이 아니라 뭔가를 성취한 사람의 아내 또는 엄마가 되는 것이었다. 지요노는 '명문 교토대 교수의 아내'이자 '국립대 교수의 엄마'가 되고 싶었다. 남편이나 아들의 업적에는 관심 없고, 남편과 아들이 오로지 직함을 획득해주기만을 바랐다. 지요노는 자신의 인생을 여기에 걸었다.

지요노는 직함, 즉 라벨이나 포장 속 내용물로 뭘 기대했을까. 아마 지요노는 알지 못했을 것이다. 행복의 내용물을 알지 못하니 행복을 보장해줄 것처럼 보이는 라벨이나 포장에만 집착한 것 아닐까. 그러나 아무도 그 라벨을 가져다주지 않았다.

지요노의 엄마는 말수가 적은 사람으로, 난폭하고 남존여비 사상을 지닌 아버지를 묵묵히 따랐다. 손님이 많이 오는 집이어서 학생들을 초대해 술과 음식을 대접하는 일도 자주 있었다. 이런 집안에서 딸인 지요노는 엄마를 도우며 자랐다.

밖에 나가면 부잣집 딸로 대접받는 지요노였지만, 집에서는 엄마와 똑같이 하녀 취급을 받았다. 아버지와 오빠 모두 남존 여비 사상을 가진 데다가 사람을 학력이나 직함으로 판단해 차별했다. 아버지와 똑같이 대접받았던 오빠 2명은 도쿄에 있는 대학에 진학했지만, 지요노는 대학에 가지 못했다. 여자고등학교밖에 졸업하지 못한 지요노가 자신을 무시하는 아버지와 오빠에게 이기기 위해서는 남편이나 자녀가 그들보다 더 뛰어난 직함을 얻기를 바랄 수밖에 없었다. 구식 교육을 받아온 지요노는 여자인 자신이 출세한다는 건 상상조차 하지 못했다.

성장기를 보내는 동안 중요한 사람으로 대접받아본 적이 없는 탓에, 지요노는 아주 어린 시절을 제외하면 행복했던 기억이 단 하나도 없었다. 행복을 경험해보지 못한 지요노는 행복이 뭔지 알지 못했다. 그럴수록 포장인 직함을 획득하는 일에만 집착했다. 그런데 포장을 마땅히 가져다주어야 할 남편이 이를 얻지 못했다. '행복하게 해주겠다'는 결혼 약속을 남편은 지키지 못한 것이다.

행복을 추구하면서도 손에 넣을 수 없었던 지요노는 자신의 운명을 저주했다. 딸인 다키코를 향한 분노와 증오는 지요노 자신의 인생에 대한 분노이자 증오였다.

딸에게는 엄마의 불행에 대한 책임이 없다

지금까지 게이코, 데쓰코 그리고 지요노의 불행을 살펴봤다. 이 사례들에서 엄마의 불행은 그들이 태어난 시대, 자라온 환경, 시가, 결혼 상대 등 다양한 요인에 따라 결정됐으며, 이는 분노와 푸념, 짜증 등으로 표현됐다.

지요노의 분노와 증오의 대상이었던 다키코가 자기 자신을 혐오하고 불신하게 됐듯이, 엄마의 불행은 명확히 설명되지 않은 채로 딸에게 전해지고, 딸은 그 정체조차 알지 못한 채 엄마의 불행을 흡수해간다.

엄마의 불행은 복합적 요소가 한데 엉킨 결과물이지만, 엄마의 불행에 가장 크게 관여한 요인은 엄마 자신의 의사다. 엄마를 불행이나 고독 속에 방치한 건 아닌지 죄책감을 느끼며 사는 딸이 있는데, 엄마를 불행 속에 방치한 사람은 엄마 자신이다. 다키코의 사례에서처럼 '네 탓'이라며 엄마가 딸의 부족함과 불만을 일일이 지적하고 폭언을 했다 해도 딸에게는 엄마의 불행에 대한 책임이 없다.

사회의 기대에 부응하려는 엄마들

—
08
—

여성에게 결혼해 아이를 낳는 일, 즉 돌보는 역할을 기대하는 주체는 사회지만, 사회적 기대를 실현할 책임은 주로 육아를 담당하는 엄마에게 지워진다. 엄마는 아이의 의식주를 비롯한 기본욕구를 채워줄 뿐 아니라 아이가 사회에서 기대받는 어른이 되도록 키우는 일, 다시 말해 아이를 사회화할 책임 또한 맡고 있다.

아이에 대한 사회의 기대가 조금씩 변하고 있다고는 해도 '남자는 일, 여자는 가정'이란 말은 여전히 유효하다. 이런 상황에서 엄마는 어떻게 육아를 해나가고 있을까.

자녀 양육의 책임자는 엄마

이를 알아보기 위해 일본에서 출간된 육아법을 다룬 책의 제목을 살펴보자. 물론 여기에 예시로 든 책 이외에도 무수한 육아서가 끊임없이 출간되고 있다. 제목에 '키운다', '육아법'이라는 말이 들어가지 않는 책까지 넣으면 그 수는 더 많아진다. 부모들은 조금이라도 아이를 잘 키우고 싶은 마음에 해당 책들을 구매하겠지만, 이런 현상은 그만큼 육아에 많은 고민이 뒤따른다는 사실을 보여준다.

여자아이

1 《여자아이 육아법: '사랑받는 힘'+'자립력'='행복력'. 0~15세 아이의 부모가 반드시 알아둬야 할 점》, 모로토미 요시히코, WAVE출판(국내 출간:《여자아이 키울 때 꼭 알아야 할 것들》, 이정환 옮김, 나무생각, 2013)

2 《여자아이의 능력을 키워주는 엄마는 이것이 다르다!》, 마츠나가 노부후미, 후소사(국내 출간:《딸은 세상의 중심으로 키워라》, 이수경 옮김, 21세기북스, 2007)

3 《여자아이 육아법: 여자아이의 본질과 기분을 잘 알 수 있다》, 다지마 게이코, 다지마 노부모토, 오이즈미서점(국내 미출간)

4 《여자아이가 행복해지는 육아》, 우루시 시호코, 간키출판(국내 출간:《리더를 꿈꾸는 딸아이 엄마 되기》, 유경 옮김, 소울, 2010)

5 《아빠를 위한 여자아이 육아법》, 마지마 미노루, 초에이사(국내 미출간)

6 《여자아이 육아법, 가정교육법》, 사이토 시게타, KK베스트셀러(국내 미출간)

7 《상냥한 여자아이로 키우는 법》, 이시이 미쓰코, 매거진하우스(국내 미출간)

8 《예쁜 여자아이로 키우는 법: 강하고 총명한 레이디를 위한 42항》, 사카이 미이코, PHP연구소(국내 미출간)

9 《요즘 시대의 '여자아이' 육아법 강좌: 엄마도 몰라요!》, 사이토 시게타, PHP연구소(국내 미출간)

10 《여자아이 육아법: '사랑받기'보다 '사랑하는' 사람으로》, 히구치 게이코, 고분사(국내 미출간)

남자아이

1 《남자아이 육아법: '결혼력', '학력', '업무력'. 0~12세 아이의 부모가 최소한 알아둬야 할 점》, 모로토미 요시히코, WAVE출판(국내 출간:《남자아이 키울 때 꼭 알아야 할 것들》, 이정환 옮김, 나무생각, 2013)

2 《남자아이의 능력을 키워주는 엄마는 이것이 다르다!》, 마츠나가 노부후미, 후소사(국내 출간:《작은 소리로 아들을 위대하게 키우는 법》, 이수경 옮김, 21세기북스, 2007)

3 《남자아이 키우는 법: 남자아이의 본질과 기분을 잘 알 수 있다》, 다지마 노부모토, 다지마 게이코, 오이즈미서점(국내 미출간)

4 《남자아이가 의욕적으로 변하는 육아》, 가와이 다다시, 간키출판(국내 미출간)

5 《엄마를 위한 남자아이 육아법》, 카나모리 우라코, 야마자키 마사야스, 레이메이책방(국내 출간:《아들, 제대로 알고 잘 키우기》, 김숙 옮김, 북뱅크, 1999)

6 《엄마 하기에 따라 남자아이의 능력은 부쩍부쩍 향상된다!》, 오야노 메구미, 메이쓰출판(국내 출간:《아들은 왜: 상상초월 아들 행동설명서》, 정난진 옮김, 팜파스, 2011)

7 《남자아이가 진짜로 의욕을 발휘하는 육아법》, 요코미네 요시후미, 스바루사(국내 미출간)

8 《0~9세 남자아이의 엄마에게, 진지한 고추 이야기, 남자아이의 기분을 알 수 있는 책》, 야지마 데루오, 간젠(국내 미출간)

9 《말을 듣지 않아요! 산만해요! 남자아이 가정교육으로 고민될 때 읽는 책》, 하라사카 이치로, 스바루사(국내 미출간)

10 《남자아이는 왜 이럴까?: 제대로 성장하는 아홉 가지 포인트》, 스티브 비덜프, 스가 야스히코 옮김, 소시사(국내 미출간/원제:《Raising Boys》, Harper Thorsons, 2003)

'여자아이의 능력을 키워주는 엄마는 이것이 다르다!', '엄마하기에 따라 남자아이의 능력은 부쩍부쩍 향상된다!'처럼 아이의 능력이 엄마에게 달렸음을 명시하는 제목의 책이 출간된 걸 보면 이 책들이 기본적으로 엄마를 대상으로 쓰였음을 알 수 있다.

그럼 육아에 수반되는 많은 일 중 엄마의 주요 역할은 뭘까? 거의 전부다. 우리 사회는 아이의 성장에 필요한 모든 일에서 엄마를 주된 책임자로 여긴다.

우선 출산과 수유는 엄마밖에 할 수 없다. 이뿐 아니라 영유아기 때까지 아이의 먹을 것과 입을 것 모두 주로 엄마가 챙겨준다. 인사를 비롯해 일상생활의 기본예절을 가르치는 사람도 엄마, 공원에 데려가고 책을 읽어주는 등 어린 시절의 정서적 성장에 관여하는 사람도 주로 엄마다. 아이가 어릴수록 엄마의 관여도는 더 커진다.

초등학교 1~2학년까지는 부모가 공부를 봐주거나 여름방학 숙제를 도와줄지 모르지만, 아이가 학교에 가면 부모의 역할은 부쩍 줄고 학업 성취도는 대개 아이 본인의 책임이 된다.

그러나 최근에는 아이의 학업 성취도에도 부모가 큰 영향을 끼치고 있다. 예를 들어 학교 외에 학원에 다니는 아이가 많은데, 학원에 보낼지 말지는 부모가 정해야 하며 보낸다면 어느 학원에 보낼지도 부모가 검토해 결정해야 한다. 더욱이 학원에 다니게 되면 경제적 부담이 증가할 뿐 아니라 더 많은 부분에서 아이의 시간을 관리해줘야 한다. 학원 중에는 부모가 설명회에 참석해야 하는 곳도 있다.

이 밖에도 공부는 물론 운동까지 잘해야 한다, 예술을 접하게 해주면 좋다 등 하는 게 좋은 일, 해야만 하는 일이 점차 늘어난다. 달리 표현하면 부모, 아이 모두에게 부담이 증가하고 있는 셈이다.

계속해서 늘어나는 엄마의 부담

실제로 육아 강좌를 가면 엄마들에게 '엄마가 해야 할 일', '엄마 역할'의 예를 말해달라고 하는데, 1990년~2000년대쯤부터 이 개수가 계속해서 늘고 있다. '아이의 기분을 이해해준다', '상담 상대가 돼준다', '아이의 문제를 해결해준다' 등이 나올 때도 있어서, 엄마의 역할이 단지 의식주를 마련해주는 것만으로는 부족한 시대임을 알 수 있었다.

　다른 사람의 기분을 전혀 파악하지 못하다면 그 또한 문제겠지만, 그렇다고 내 기분처럼 이해할 수도 없다. 사람은 저마다 다르기 때문에 이해했다고 생각해도 어딘가 다른 구석이 있기 마련이다. 이해해줘야 한다, 상담 상대가 돼줘야 한다, 해결해줘야 한다고 생각하면 아이의 마음 상태에까지 관여하게 될지도 모른다. 원래 부모가 할 수 있는 일은 그저 곁에서 "사람이란 때로 괴로움을 느끼는 법이잖아? 지금이 그런 때니까 마음껏 괴로워해도 돼. 네가 괴로워해도 엄마, 아빠는 이해해. 정말로 힘든 일이 있으면 우리가 도와줄게"하고 전달하는 것이다. 그런데 요즘에는 부모가 더욱 적극적·능동적으로 자녀의 문제를 해결해야 한다는 풍조가 강해지고 있다.

　1990년대 후반에는 엄마 역할의 예로 '아이에게 집단생활 경험하게 해주기', '친구를 만들도록 도와주기' 등이 나왔다. 아이는 유치원이나 학교에 들어가면 특별한 문제가 없는 한 싫어도 집단생활을 하게 되니, 이때 어려움을 겪지 않도록 유치원이나 학교에 입학하기 전부터 집단생활을 경험하게 해두겠다는 의미다. 일본에서 '공원 데뷔'라는 말이 생겨난 즈음이기도 한데, 아마 엄마의 스트레스가 절정에 달했던 시기였는지도 모르겠다. 지금은 육아 지원 상담 등으로 해결할 수 있어선지 이런 문제로 상담실을 방문하는 엄마는 전보다 줄었다.

엄마의 불안을 부채질하는 언론

게다가 대략 2000년대 초부터는 부모의 역할에 '아이의 재능을 키워준다', '아이에게 많은 경험을 하게 해준다' 등이 언급되고 있다. 아이가 학원을 7~8군데나 다니게 하는 한 엄마에게 왜 그렇게 많은 학원에 보내는지 물었더니, '아이가 어떤 분야에 재능이 있을지 모르니 다양한 분야를 접하게 해주고 싶어서', '아이가 특정 분야에 재능이 있는데 그 재능을 부모 때문에 발휘하지 못한다면 아이에게 미안하니까' 등의 대답이 돌아왔다.

"옛날처럼 정보가 없는 시대도 아니니 아이는 좋아하는 것을 스스로 찾아내 그 길로 나아갈 거예요"라고 말하면, 엄마들은 대개 이렇게 대답한다.

"그렇지만 음악 같은 분야는 나중에 시작하면 어릴 적부터 해온 사람을 따라갈 수 없어요."

그러면서 조기교육을 받고 자란 천재들의 이름을 댄다. 천재를 목표로 하면 안 된다는 말은 아니다. 하지만 그전에 '일찍 시작하지 않으면 뒤떨어진다', '재능이 묻혀버린다'며 불안을 부채질하는 사람이 누군지 파악해야 한다. 쉽게 말해 이렇게 함으로써 돈을 버는 사람들이 있다는 것이다.

이들은 '엄마의 육아 방식 하나로 아이의 인생이 결정된다'고 협박한다. 어린이나 젊은이가 어떤 문제를 일으켰을 때 사건의 상세 내용을 보도하면서 '엄마의 부정적 영향'을 떠들어대고, 출세한 사람의 엄마를 치켜세워 '아이의 성공은 엄마 하기 나름'이라는 이미지를 강화한다.

이 같은 이미지와 정보에 노출되면서 불안을 느끼지 않을 엄마는 없다. 엄마에게 언론 정보 외에 다른 육아 정보가 없거나 주변에 '그럴 리 없다', '너무 깊게 생각하지 않아도 된다'고 말해주는 사람이 없다면 엄마들은 상당히 심각한 불안을 느끼게 된다.

영업 사원의 말에 넘어가 한두 살밖에 안 된 아들을 위해 거액의 교재를 산 엄마도 있고, 지방에 사는 선생님에게 배우면 안 된다는 말을 듣고 피곤을 무릅쓰고 거의 매주 전철을 타고 학원에 다니는 부모와 아이도 있다. 부모는 '이렇게 힘들 줄 몰랐다. 그만둬도 괜찮은데 아이가 그만둔다고 말하지 않아서 어쩔 수 없다'고 하지만, 아이 역시 '엄마가 이렇게까지 열심히 하는데 차마 그만두겠다고 말하지 못하겠다'고 생각할지 모른다.

이렇듯 엄마의 수비 범위로 여겨지는 영역이 계속 늘어날수록 엄마들은 육아를 점점 더 어렵다고 느낀다. 아이가 뛰어놀 만한 장소가 사라졌다, 차가 많이 다녀서 이제는 아이들끼리 외출하게 둘 수 없다 등 육아를 어렵게 하는 요인은 이 밖에도 많다.

사회가 기대하는 자녀상

184쪽에서 소개한 책 제목을 통해 우리 사회가 어떤 아이를 원하는지도 함께 살펴볼 수 있다.

여자아이

1 《여자아이 육아법: '사랑받는 힘'+'자립력'='행복력'. 0~15세 아이의 부모가 반드시 알아둬야 할 점》

2 《여자아이의 능력을 키워주는 엄마는 이것이 다르다!》

3 《여자아이 육아법: 여자아이의 본질과 기분을 잘 알 수 있다》

4 《여자아이가 행복해지는 육아》

5 《아빠를 위한 여자아이 육아법》

6 《여자아이 육아법, 가정교육법》

7 《상냥한 여자아이로 키우는 법》

8 《예쁜 여자아이로 키우는 법: 강하고 총명한 레이디를 위한 42항》

9 《요즘 시대의 '여자아이' 육아법 강좌: 엄마도 몰라요!》

10 《여자아이 육아법: '사랑받기'보다 '사랑하는' 사람으로》

남자아이

1 《남자아이 육아법: '결혼력', '학력', '업무력'. 0~12세 아이의 부모가 최소한 알아둬야 할 점》

2 《남자아이의 능력을 키워주는 엄마는 이것이 다르다!》

3 《남자아이 키우는 법: 남자아이의 본질과 기분을 잘 알 수 있다》

4 《남자아이가 의욕적으로 변하는 육아》

5 《엄마를 위한 남자아이 육아법》

6 《엄마 하기에 따라 남자아이의 능력은 부쩍부쩍 향상된다!》

7 《남자아이가 진짜로 의욕을 발휘하는 육아법》

8 《0~9세 남자아이의 엄마에게, 진지한 고추 이야기, 남자아이의 기분을 알 수 있는 책》

9 《말을 듣지 않아요! 산만해요! 남자아이 가정교육으로 고민될 때 읽는 책》

10 《남자아이는 왜 이럴까?: 제대로 성장하는 아홉 가지 포인트》

위의 제목들을 비교해보면 남자아이의 키워드는 '의욕'이지만 여자아이의 키워드는 '행복, 사랑받는, 상냥한' 등 타인과의 관계임이 드러난다. 이게 바로 '젠더'에 따른 차이다.

'젠더'란 간단히 말해 사회적·문화적 성 차이다. 근육량이나 외부 생식기, DNA 차이 등 생물학적 성 차이는 섹스(sex)라 하고, 이외의 성 차이, 이를테면 자신을 여자라고 생각하는지 남자라고 생각하는지, 복장이나 행동 등의 성 차이는 젠더(gender)라고 한다. 육아에는 젠더에 따른 차이가 상당히 큰 영향을 끼친다. 육아법의 키워드가 다르듯이 여자아이와 남자아이는 육아 방침, 즉 어떤 아이로 키우겠다는 목표가 다르다. 이 방침은 '어떤 육아가 바람직한 육아인가'를 얘기할 때보다 훨씬 넓은 범위의 기본 방침 같은 것이다. 최근에는 여자아이와 남자아이를 똑같이 키운다는 부모도 적지 않지만, 그래도 부모가 자녀에게 기대하는 바는 성별에 따라 다르다.

2011년 3월 오사카부 사카이시가 발표한 남녀 공동참획 의식조사(남녀 공동참가 사회에 관한 의식·실태를 파악하기 위한 조사-옮긴이) 결과에서는 아이가 갖췄으면 하는 자질로, '자립할 수 있는 경제력을 반드시 갖춰야 한다'고 대답한 비율이 여자아이에서 37.8%, 남자아이에서 87.4%로 나타났다. 즉, 남자아이에게는 돈을 벌 수 있는 능력을 기대함을 알 수 있다. 한편 '가사·

육아 능력을 반드시 갖춰야 한다'고 대답한 비율은 여자아이에서 62.3%, 남자아이에서 19.7%로 나타났다. 이 같은 기대 차이의 배경에 깔린 사고가 '남자는 일, 여자는 가정'이란 역할 분담 의식이다.

남자가 돈을 벌고 여자가 가사와 육아를 맡는 모델은 육아 방침에서도 기본으로 여겨진다. '남자아이는 우선 돈을 벌고, 여기에 집안일도 조금 해야 한다. 그렇지 않으면 아무도 결혼 해주지 않을 것이다', '여자아이는 집안일이 기본이고 돈도 얼마간 벌 줄 알아야 한다. 그렇지 않으면 아이에게 좋은 교육 환경을 제공할 수 없고 여유롭게 생활할 수 없다'는 식이다.

부모는 사회적 역할 기대에 부합하는 어른이 되도록 아이들을 양육한다. 즉, 여자아이는 여자답게, 남자아이는 남자답게 키우는 것이다. 이처럼 각각의 젠더에 할당된 행동이나 생활양식 등을 익혀나가는 행위를 '젠더화'라고 부른다. 육아의 많은 부분을 엄마가 담당하고 있기 때문에 젠더화 역시 보통 엄마가 담당한다.

모녀 갈등의 본질은 딸을 여자답게 키우려는 행위

부부 관계가 민주적인 가정도 있겠지만 전반적인 사회 분위기는 아직 그렇지 않다. 일본의 경우 '여자는 주제넘게 나서지 않는 편이 좋다'는 규범이 여전히 살아 있다. 소극적이고 자기주장을 하지 않는 여성은 실생활에서 종종 험한 일을 겪는다. 그러나 자기주장이 강한 여성이 겪는 역경만큼 심하지는 않고, 또 사회는 대개 소극적인 여성 쪽을 더 쉽게 받아들인다.

'주제넘게 나대지 말라'는 말은 자신의 분수를 알라는 가르침이다. 이를테면 여성도 결혼식이나 출산 때처럼 극히 한정된 몇몇 상황에서는 주인공이 되지만, 일상생활에서는 주인공이 되지 못한다. 어디까지나 빛을 보지 못하는 숨은 공로자 또는 조력자다. 일본에서는 이런 현실을 빗대 '남자가 주인(主), 여자가 종(從)'이란 표현을 쓴다.

많은 여성이 엄마에게 칭찬을 받아본 적이 없다고 말하는데, 이는 이런 사회에 딸을 적응시키기 위한 젠더 교육 중 하나다. 엄마는 딸이 칭찬받고 우쭐해져서 자신이 마치 주인공인 양 착각하지 않도록 딸을 교육한다. 구체적으로 설명하면, 딸이 즐거워 보이거나 기분이 좋아 보일 때 몹시 불쾌한 표정을 짓고 차갑게 대응함으로써 너는 주인공이 아니니까 주제넘게 행동해서는 안 된다는 뜻을 전달한다. 실제로 엄마들은 딸이 우쭐해하면 몹시 불쾌해하는데, 엄마가 단지 이런 감정을 표현하기만 해도 젠더 교육이 이뤄진다.

딸 입장에서는 똑같은 여성이자 자신이 무척이나 좋아하는 엄마, 마땅히 자신을 사랑해줘야 할 엄마가 조금도 자신의 편이 돼주지 않을 뿐 아니라 자신을 인정조차 해주지 않는 상황에 놓인다. 딸을 젠더 격차 사회에 적응시키려는 엄마의 행동이 딸의 자존감에 생채기를 내고 자기답게 살아가고 싶어하는 딸의 발목을 잡는다.

모녀 갈등의 본질은 바로 여기에 있다. 다시 말해 넓은 세계로 뛰쳐나가고 싶은 딸과 그 딸을 좁은 세계에 가둬두려는 엄마 사이의 갈등인 것이다. 엄마는 딸이 뛰쳐나가기를 바라지만 적당히 가기를, 언젠가는 결혼해서 아이를 낳을 수 있게 너무 멀리 가지 않기를 바란다. 이게 바로 '풀&푸시(pull&push)'라 불리는, 엄마가 딸에게 관여하는 방식이다.

엄마가 딸에게 보내는 모순된 메시지

많은 엄마가 딸에게 풀&푸시 메시지를 보낸다. "가, 하지만 너무 멀리 가면 안 돼!"라는 메시지다. 그중 가장 모순된 메시지는 "내가 말하는 대로 해, 하지만 내가 말하는 대로 해서는 안 돼", "나처럼 돼, 하지만 나처럼 되면 안 돼"다. 이렇게 말하면 무슨 뜻인지 이해가 잘 안 되겠지만, EPISODE 6에서 소개한 가즈코의 말을 살펴보면 풀&푸시를 알아챌 수 있다.

가즈코는 자신이 양재 학교에 다닌 덕분에 다른 아르바이트생보다 좋은 대우를 받는다고 주장하지만, 그래도 역시 대학 졸업장과 특정 자격증이 있는 편이 좋다고 생각했을 것이다. 그래서 딸 미에코에게 문학부처럼 취업에 도움도 안 되는 학과에 가봤자 별 볼일 없으니 영양사나 보육사가 될 수 있는 학과에 가라고 권한다. 자신을 넘어서라는 메시지를 보낸 동시에 '영문과 학생 같은 분위기도 좀 익히라'고 말하는 거다. 직업인이 돼라, 그러나 직업인처럼은 되지 말라는 명령이다.

또 가즈코 자신은 자기보다 나이 많은 종업원에게 지시하는 역할을 맡아본 적도 없으면서, 졸업하고 일을 시작한 미에코에게 이런저런 지적을 한다. 지적은 딸의 성장을 위한 조언처럼 보이는 동시에 '너 같은 건 아직 멀었어'라는 메시지로, 딸을 자신보다 열등한 위치에 놓는 데 효과적이다. '유능한 직업인이 돼라, 하지만 나를 뛰어넘을 정도로 유능해져서는 안 된다'고 말하는 셈이다. 그러고 나서는 일보다 결혼을 권유한다. 가즈코의 메시지는 일을 하는 것만으로는 충분치 않다는 뜻으로, 딸이 직업인으로서 자긍심을 갖는 일을 방해한다.

초등학생일 때, 중학생일 때, 고등학생일 때, 사회인이 된 이후, 결혼한 후, 엄마가 된 이후 등등 딸이 인생의 전환점을 맞이할 때마다 엄마가 보여주는 규범은 변화한다. 학창 시절에는 "열심히 노력해. 남자에게 지지 않도록 공부해서 전문성을 키워"라고 말했던 엄마가 딸이 결혼하면 곧바로 "일만 하느라 남편을 방치해서는 안 돼"라고 말한다. 그럼 딸은 '지금까지 대체 왜 응원을 해준 걸까?', '지금까지 대체 나에게 뭘 가르쳐준 걸까?' 하는 생각에 배신감과 비슷한 감정을 품게 된다.

'남자는 주인, 여자는 종'이라는 사회규범을 철저히 교육받고, 풀&푸시의 명령에 노출된 딸은 돌봄 역할을 맡기 위한 훈련까지 받는다. 여성은 다른 사람에게 돌봄받는 쪽이 아니라 돌보는 쪽, 상냥하게 대접받는 존재가 아니라 상냥하게 대접하는 존재라, 여자아이가 어리광을 부리면 엄마는 "너는 어리광을 부리는 쪽이 아니야"라며 딸을 차갑게 대한다.

물론 실제로 엄마가 이렇게 생각하고 딸에게 차갑게 구는 건 아니지만, 엄마는 딸의 어리광을 받아들이지 못한다. 불쾌감을 느낀 나머지 딸을 거부하는 엄마도 있다. 이 같은 문제는 엄마 본인이 마찬가지의 교육을 받고 자란 탓에 어리광을 부려본 경험이 없다는 데서 기인한다. '나는 어리광을 부려본 적이 없는데, 왜 너는 태연하게 어리광을 부리는 거야?' 하는 심리인데, 엄마 스스로도 딸에 대한 원인 불명의 분노로밖에 자각하지 못한다.

자아를 잃어버린 여성들

—
09
—

젠더화되는 사람은 여자아이뿐만이 아니다. 남자아이에게도 젠더 교육이 이루어진다. 남자아이에 대한 젠더 교육은 "더 높이 날아올라 세상으로 나가라"다. 고향을 떠나지 말라는 부모도 있지만, 이 역시 직업을 갖지 않아도 좋다는 뜻은 아니다. 고향을 떠나지 않고도 할 수 있는 일을 찾으라는 것이다.

여성은 인생의 단계마다 가르침의 내용이 달라지지만, 남성은 어린아이일 때부터 더 노력하라, 더 위로 가라, 승자가 되라는 가르침을 일관되게 받는다. 따라서 더 위로 갈 사람을 뒷받침하는 역할은 성별로 따지면 여성이 맡게 된다. 아이의 성장을 뒷받침하는 것이 엄마의 역할이므로, 남자아이는 엄마에게 여성으로서 그리고 엄마로서 이중으로 지원을 받는 셈이다.

EPISODE 5에서 소개한 다키코처럼 많은 여성이 남자 형제와 차별받으며 자랐다고 말한다. 똑같은 병문안이라도 엄마가 기뻐하는 모습은 아들과 딸의 경우가 다르게 나타난다. 엄마를 돌볼 리 없는 아들의 병문안과 마땅히 돌봐야 할 존재인 딸의 병문안은 엄마에게 의미와 가치가 다르다. 똑같은 자식인 딸에게는 엄마의 반응이 오로지 차별로만 느껴진다. 딸들이 불공평하다고 느끼는 건 당연하다.

남자 형제와 차별받으며 자랐다는 딸의 항의를 듣고 자신은 차별 같은 건 하지 않았다고 말하는 엄마가 있는데, 이는 거짓말이 아니다. 아들과 딸을 다르게 대하는 건 의도해서가 아니라 자연스럽게 우러나오는 행동이므로 엄마 스스로도 자각하지 못하기 때문이다.

타자 우선 사고는 여성에게 어떤 영향을 미칠까?

결혼 상대를 구하고 아이를 키우는 데 필요한 타자 우선 자세는 여성의 심리에 커다란 영향을 끼친다. 먼저 다른 사람의 욕구를 채워주는 행위가 무엇보다 요구되는 환경에서는 자신을 성찰하는 습관을 들이기 어렵다. 따라서 자신의 행동을 결정하기 위한 독자적·내적 기준이 자라지 않는다. 여성들은 상대방이 자신에게 뭘 기대하는지 파악하고 이에 맞춰 자아를 형성해

나가는 사이, 정작 자신이 뭘 생각하고 뭘 느끼는지는 알 수 없어진다. 내적 기준이 없는 여성은 외부의 불확실한 사회 기준에 자신을 맞춤으로써 점점 자아를 상실한다.

남편의 욕구, 시가 식구의 욕구, 아이의 욕구에 맞춰진 생활 환경에서는 자아가 있는 여성조차 쉽게 자아를 잃어간다. 자아가 점차 사라지고 있음을 깨달은 여성은 자신이 무력해짐을 느끼면서 타자 우선 자세로 채색된 환경에 조바심과 짜증을 낸다. 조바심이나 짜증은 아이를 향한 분노가 되기도 하는데, 자아를 성찰하는 습관이 있다면 이 분노가 사실은 다른 요소, 이를테면 비협조적인 남편이나 이해심 없는 부모를 향한 분노라는 사실을 곧 깨닫는다.

그러나 자신을 성찰하는 습관이 없는 여성은 그 사실을 깨닫지 못한다. 사물을 판단하는 기준이 자신의 내면에 없다는 것 자체가 더할 나위 없을 만큼 불안한 상황인데도, 불안의 진짜 원인은 알지 못한 채 순간의 안심을 위해 불확실한 외적 기준에 자신을 맞춰나간다. 즉, 자신이 판단하기에 세상에서 바람직하다고 여기는 여성상에 자신을 끼워 맞추는데, 그 사람이 생각하는 세상은 물론 저마다 바람직하게 여기는 여성상 또한 균일하지 않다. 공통점이 있다면 돌보는 역할을 한다는 것뿐이다.

그럼 이쯤에서 EPISODE 6에서 소개한 미에코의 엄마, 가즈코의 얘기를 들어보자.

다른 사람만 배려하며 살아온 여성
(미에코의 엄마 가즈코)

가족과 생활하며 익힌 타자 우선 자세

가즈코가 초등학생교 때 어머니를 여의었다는 사실은 이미 설명했다. 엄마가 세상을 떠난 뒤 1~2년은 둘째 언니와 셋째 언니가 가즈코를 돌봤지만 셋째 언니가 오사카로 가고 둘째 언니가 결혼하면서 아버지와 가즈코 둘만 남게 됐다.

한동안 아버지가 식사 등을 준비했는데, 아버지 홀로 중학생 딸을 돌보기는 힘들겠다고 판단한 큰오빠 가족이 가즈코가 중학교에 들어가기 전 본가로 들어왔다. 이때 오빠에게는 5살, 3살 된 아이가 있었다. 단 몇 개월이었지만 아버지와 함께 살면서 불편함을 느꼈던 가즈코는 큰오빠 가족과 함께 살게 돼서 기뻤다. 새언니는 도시락을 싸줬고 참관 수업 때도 와줬다. 가즈코는 나이 많은 아버지가 오는 것보다 새언니가 오는 게 더 좋았다.

가즈코는 큰오빠 가족과 함께 살면서 불편함을 느낀 적도, 눈치 보며 생활한 기억도 없다. 새언니를 무척 좋아했고 조카들을 나이 차가 나는 형제처럼 여겼다. 단, 초경을 하고 새언니가 어떻게 해야 하는지 가르쳐줬을 때는 굉장히 부끄러웠다.

이렇게 자란 가즈코는 오사카에서는 작은오빠네 집에서 살았다. 나이가 다섯 살밖에 차이 나지 않는 새언니를 도우며 양재 학교에 다녔다. 백화점에 취직한 지 반년 후에는 큰오빠에게 돈을 빌려 작은오빠네 집 바로 근처에서 자취를 시작했다. 이 무렵 지금의 남편을 만나 결혼했으니 자취 생활은 1년 만에 끝이 났다.

가즈코는 큰오빠 가족과 살면서 특별히 눈치 본 기억이 없다고 했지만, 눈치가 일상이 되면 그런 것쯤은 별로 신경 쓰이지 않는 법이다. 가즈코 형제들은 우애가 깊었고 서로를 배려하는 마음으로 가득 차 있었다. 아버지와 여동생을 생각해 동거를 결심한 큰오빠, 어머니를 잃은 시누이를 위해 친딸과의 신체 접촉을 자제했던 새언니, 그런 새언니의 기분을 헤아려준 친언니들까지, 가즈코 주변의 어른은 모두 이런 사람이었다. 가즈코는 형제들의 행동을 통해서도 다른 사람에게 마음을 쓰는 자세를 배웠다. 남편을 대하는 태도 역시 큰오빠 가족, 작은오빠 가족과 생활하며 익힌 것이었다.

직장에서 익힌 관계의 기술

가즈코가 일했던 백화점 역시 손님을 상대하는 업종이라 정중하고 상냥한 태도가 요구됐다. 손님이 남성뿐인 직장에서 가즈코는 여러 번 불쾌한 일을 겪기도 했지만, 요즘 시대라면 성희롱이라고 할 만한 사건조차 웃으면서 받아넘겼다. 가즈코가 직장에서 익힌 기술은 일을 시끄럽게 만들지 않는 처세술이었다.

가즈코는 혼자서 극복해온 경험들을 말하지 못한다. 그 누구도 가즈코가 일할 때의 경험 같은 건 물어보지 않았고, 가즈코 스스로도 말하려 하지 않았다. 딸이 직장 얘기를 하면 '나도 일할 적에 이런저런 일을 겪었다'고 말하고, '세상은 그리 만만치 않다'며 감상을 얘기한 다음 '세상은 혹독한 곳'이라고 가르치는 것이 가즈코 얘기의 흐름이었다. "이런저런 일이라니, 무슨 일?"이라는 질문을 받아도 가즈코는 구체적으로 대답하지 못했을 것이다.

사실은 물론 경험에 뒤따르는 감정을 얘기할 때도 훈련이 필요하다. 가즈코의 화법은 아무것도 말하지 않는 것이나 마찬가지지만, 이런 화법을 활용하면 누구와든 표면적인 관계를 맺을 수 있다. 다시 말해 세상 사는 얘기, 소문 등을 말할 때 어울리는 화법이다. 눈치가 빠르고 생글생글 웃는 얼굴에 붙임성이 좋으며 누구의 얘기에나 장단을 맞춰주는 가즈코는 사교성이 좋은 편이었다.

당시의 대다수 여성처럼 결혼해서 전업주부가 되는 것이 가즈코가 막연히 생각하던 인생 코스였다. 단독주택에 사는 것도 거기에 포함돼 있었다. 말하자면 가즈코는 막연하게 그렸던 인생 코스 그대로의 삶을 살아온 셈인데, 이런 가즈코가 가장 좋아하는 자신의 모습은 백화점에서 근무했을 때다. 양재 학교를 졸업했다는 이유로 핀 꽂는 일을 맡게 됐을 때도 자긍심을 느꼈다. 이 자긍심이 '양재 학교를 졸업했으니까'라는 말로 표현돼 기회가 있을 때마다 튀어나온 것이다.

그런데도 가즈코는 '왜 일을 그만뒀을까'에 대해 의문을 품지 않는다. 가즈코가 육아 중이었을 때는 근로자의 급여가 높아지던 시기라 가즈코도 아르바이트를 해서 용돈을 벌었다. 불만이 없었으니 의문을 품지 않았지만, 주변 사람만을 배려하며 살아온 가즈코에게는 원래 자신에 대해 궁금한 점이 없었다. 남편은 어떻게 생각할까, 이웃 사람은 어떻게 생각할까, 아이들은 뭘 하고 있을까 등 언제나 다른 사람의 언행이나 기분을 궁금해했다. 그리고 그 사람들의 움직임에 반응해 행동했다. 대다수 반응은 다른 사람을 헤아리는 듯한 언행이며, 언행의 기준은 가즈코가 생각하는 '세상'이었다.

여성 특유의 돌봄 역할과 반응 언어

다른 사람의 욕구를 파악해 그 욕구를 채워줘야 하는 돌봄은 어떤 의미에서 보면 부족함을 채워주는 역할이기도 하다. 아무런 부족함도 없고 무슨 일이든 혼자서 할 수 있는 사람은 다른 사람의 돌봄이 필요치 않다. 따라서 돌봄 역할을 맡은 사람은 아직 끝나지 않은 일이 없는지, 부족한 점은 없는지 주시한다. 이를 재빨리 발견하는 사람은 세심하다는 말을 듣고, 먼저 부족함을 채워주는 사람은 배려심 있다는 말을 듣는다.

아이 주변에서 부족함을 발견했을 때, 아이가 어리다면 엄마가 부족함을 채워준다. 그러다 아이가 스스로 할 수 있는 나이가 되면 엄마는 부족함을 지적하고 아이 스스로 채우게 한다.

이 패턴을 끊임없이 반복하는 엄마가 가즈코 같은 엄마다. 가즈코는 신발이 가지런하지 않다, 가방이 계속 거실에 뒹굴고 있다, 세면대에 머리핀이 떨어져 있다 등등 딸에게 쉬지 않고 잔소리를 하는데, 남을 돌보는 역할밖에 알지 못하는 가즈코의 대인 행동은 남에게 맞추거나, 부족함을 발견하고 지적하거나, 남편에게 하듯이 계속 돌봐주거나 중 하나일 수밖에 없다.

부족함에 대한 지적은 때때로 자의적(제멋대로)이어서, 상대방이 식욕이 없다고 하면 "잘 먹어야 해"라고 말하고, 잘 먹으면 "그렇게 먹으면 살쪄"라고 말한다. 자의적이고 일관되지 않은 메시지는 온갖 갈등 속에 놓인 모녀 관계에서 나타난다. 이렇게 하면 저렇게, 저렇게 하면 이렇게 하라고 말하는데, 이 말들 모두 깊이 생각한 후에 뱉는 말이 아니다.

식당 같은 곳에서도 아이의 행동을 일일이 지적하는 부모를 볼 때가 있다. "똑바로 앉아"에서 시작해, "그러다 쏟는다", "제대로 씹어", "왼손!", "다리!" 등 사사건건 잔소리하는 부모다.

이렇게 상대의 언행에 수반돼 반쯤 자동으로 나오는 말을 나는 '반응 언어'라고 부른다. 반응 언어에는 의미가 없다. 마치 배 부분을 누르면 말을 하는 인형처럼, 아이의 행동을 봤을 때 반사적으로 튀어나오는 말이다.

부족함을 찾아내려고 온 신경을 집중한 상태에서 나오는 말은 당연히 부정적이다. 칭찬은 한마디도 하지 않고 불만만 말하는 가즈코도 바로 여기에 해당한다. 말하자면 딸의 부족함을 지적하기 위해 딸의 언행을 관찰하는 셈이니 딸은 이 말에 신경 쓸 필요가 없다.

방금 설명했지만 반응 언어에는 아무런 의미가 없다. 그런데도 불쾌해서 흘려듣기 힘든 사람은 자신이 엄마에게 어떻게 항의하는지 되짚어보기 바란다. "왜 그런 말을 하는 거야?" 같은 질문형, "그런 말은 이제 그만해줘" 같은 의뢰형으로 말하지는 않는가? 이런 항의는 전혀 효과적이지 않다.

"왜 그런 말을 하는 거야?" 하고 물으면 "네가 제대로 못하니까" 같은 더 불쾌한 말을 듣게 된다. 또 "그런 말은 이제 그만해줘" 하고 말하면 "네가 제대로 안 하니까 세속하는 거지"라며 책임을 전가한다. 이렇게 말할 바에야 뾰로통하게 언짢은 표정을 짓고 있는 편이 낫다.

반응 언어에 대응하는 효과적인 방법은 말의 의미를 정확하게 지적한 다음 확인하거나 제대로 화를 내는 것이다. 미에코의 사례로 예를 들면 "영문학과에 다니는 아이는 품위가 있고, 식품영양학과에 다니는 아이는 품위가 없다는 말이네"라고 진지한 얼굴로 확인하는 것이다. 진지하게 그렇게 말하면 상대방의 기색을 살피는 가즈코는 "그래, 맞아"라고 선뜻 대답하지 못한다. "그런 뜻이 아니야"라고 말할지도 모르지만 일단 실수했다고 생각하면 두 번 다시 같은 말을 되풀이하지 않는다.

또 제대로 화낸다는 건 '그런 말은 식품영양학을 공부하는 사람으로서 상당히 불쾌하다'는 뜻을 말은 물론 어조와 태도로도 명확히 표현하는 것이다. "그런 말은 이제 그만해줘"라고 부탁할 필요는 없다. 굳이 따진다면 '같은 말을 또 하면 용서하지 않겠다' 정도로 거만하게 말하는 편이 더 효과적이다.

가즈코 같은 사람은 다른 사람이 분노하거나 언짢아하는 상황을 불편하게 여긴다. 엄마가 불편함을 느낀 나머지 도리어 화를 낼지도 모르지만, 이런 상황은 두려워하지 않아도 된다. 원래 가즈코 같은 사람은 일을 시끄럽게 만드는 걸 꺼리므로, 상대가 태도를 바꾸지 않으면 더는 말을 꺼내지 않는다. 자신이 부모임을 어필하는 것 이외에 아무런 목적이 없는 반응 언어는 다른 사람이 강렬하게 불쾌감을 표명해도 이를 무시하고 계속 표현될 만큼의 의미도, 힘도 없다.

엄마가 딸을 놓지 못하는 이유

10

딸은 엄마의 증인

이렇게 젠더 교육을 받은 딸은 타자를 배려하고 타자의 욕구를 알아채는 어른으로 자란다. 다른 사람의 기분에 민감한 딸은 상대가 상처받을 만한 말을 절대 하지 않는다. 상처받은 사람이 있으면 옆에 꼭 붙어 얘기를 듣고 뭔가 도움을 줄 수는 없는지 고심한다.

남성인 남편이나 아들은 돌봄을 받는 것은 생각해도 스스로 돌봄을 제공하겠다고는 생각하지 않는다. 엄마와 동성인 딸은 엄마 편에 서서 그런 남성들에게 화를 낸다. 남편이나 아들을 돌보는 입장인 엄마에게는 오로지 딸만이 가정에서 자신을 위로하고 뒷받침해주는 존재다.

엄마는 그런 딸에게 자신의 고생담을 들려준다. 딸들은 마치 엄마와 동시대를 살아가듯이 엄마를 둘러싼 사람들을 알게 되고, 엄마의 필터를 통해 그 사건들을 판단한다.

사이가 좋지 않은 부모 밑에서 자란 딸은 엄마의 가치관을 그대로 받아들여 아빠를 혐오한다. 또는 아빠와 엄마 사이에서 어떻게든 두 사람의 사이를 중재하려 노력한다.

어쨌든 딸은 엄마의 불행을 흡수할 때처럼 엄마의 분노나 소화하기 힘든 감정까지도 흡수해나간다. 그렇게 딸은 엄마의 불행이나 정당성을 증명하는 존재가 된다.

딸이 느끼는 죄책감

한편 우리 사회에는 모녀라면 당연히 사이가 좋을 거라는 굳은 믿음이 있다. 따라서 엄마에게 부정적 감정을 품은 딸은 자신의 마음에 죄책감을 느낀다. 딸에게 부정당하는 엄마도 이런 관계에 불만을 품는다. 그리고 많은 엄마가 '내가 자식을 잘못 키웠다'고 말한다. 이 말은 언뜻 자신을 부정하는 듯 보이지만, 사실 부정하는 대상은 자신이 아니라 딸이다.

이렇게 말하는 엄마들의 경우, 명확하지는 않아도 바람직하게 여기는 딸의 모습이 있다. 예를 들면 함께 쇼핑을 가주고 틈

날 때마다 집에 오는 딸이다. 세상 사람들에게 손가락질을 받지 않을 만큼 정해진 인생길을 걸으면서 자신의 곁을 떠나지 않는 딸이 엄마가 바라는 이상적인 딸의 모습이다.

이때 엄마는 반쯤 무의식적이기는 하지만 딸을 도와주는 대가로 딸이 자신에게 고마워하기를 기대한다. 새롭게 가정을 꾸린 딸은 그곳에서 인간적으로 성장해나간다. 당연히 심리적·물리적으로 엄마에게서 점차 멀어진다. 이런 딸의 행동은 엄마에게 도움이 필요할 때만 의지하고 도움이 필요하지 않으면 얼굴조차 보이지 않는 이기적인 것으로 비친다. 그 결과 딸에게 '성장은 하되 자립하지는 말라'는 모순된 메시지를 보낸다.

설령 의식적으로 버티는 것일지라도 멀어져가는 딸을 받아들일 수 있는 엄마는 딸에게 불필요한 고통을 주지 않지만, 자기 행복의 근거가 오로지 딸에게만 있는 엄마는 멀어져가려는 딸에 엉겨 붙는다. 엄마를 뿌리치지 못하는 딸은 자신의 삶을 살지 못한 채 그 자리에 멈춰 서게 된다.

게다가 딸이 뛰어나다는 사실이나 자신이 못다 이룬 꿈을 이뤄내는 데 기쁨을 느끼는 엄마도 있다. 이런 사례에서는 딸을 지원하는 일이 곧 엄마의 보람이고, 딸의 상태가 행복의 증거가 된다. 하지만 딸은 자신의 삶을 사는지 엄마의 꿈을 사는지 알 수 없게 되고, 이런 길을 걸어온 딸에게 앞으로 걸어갈

길을 바꾸는 행위는 여태껏 살아온 자기 인생을 부정하는 일이 될 수도 있다. 여기에 더해 딸은 엄마에게 강한 죄책감까지 느낀다.

그렇게 심각한 갈등 상황에 놓인 딸은 엄마에 대한 분노에 사로잡히기도 하는데, 엄마의 눈에는 딸의 분노가 딸의 나약함 또는 미숙함으로 비친다. 이 분노나 공격은 근거 없는 화풀이로 여겨지고, 엄마는 미숙한 딸을 어떻게든 돌봐야 한다고 생각해 결과적으로 더욱더 딸에게 집착한다. 이때 엄마가 보내는 메시지는 이렇다.

"어른이 돼, 내가 말한 대로 하는 어른이."

좋은 엄마라는 인정

'엄마'라는 경험은 여성들에게 많은 것을 주며, 더 나아가 여성을 강인하게 만든다. 세상에 둘도 없는 존재를 손에 넣은 행복감, 이 아이를 위해서라면 뭐든 하겠다는 사명감, 자신을 따르고 오롯이 의지하는 아이들이 가져다주는 전지전능한 존재란 느낌 등 아이는 엄마가 가치 있는 존재임을 깨닫게 해준다. 또 아이는 불행의 증명이자 행복의 증명이며, 엄마 인생의 증인이 돼준다. 아이는 어떤 형태로든 그들이 '좋은 엄마'임을 입증해주는 것이다.

좋은 엄마에는 정해진 모델이 없다. 친구 같은 모자 · 모녀 관계를 바람직하다고 여기는가 하면 '맹모삼천'의 맹자 어머니 같은 부모 역시 바람직하다고 여긴다. 따라서 한 사람의 인간에 불과한 엄마는 자신이 생각하는 좋은 엄마의 기준에 맞춰 아이를 키운다. 아이가 사회에 적응하는 어른으로 자라면 육아는 일단락되지만, 그 아이를 키운 엄마가 좋은 엄마인지 아닌지는 또 다른 문제다. 좋은 엄마인지 아닌지 평가하는 대상은 오직 그 엄마의 아들과 딸뿐이며, 사회로부터 아무리 '아이를 잘 키웠다'는 말을 들어도 아이에게 '최악의 엄마'라는 말을 들었다면 좋은 엄마가 되려 했던 여태까지의 노력은 물거품으로 변한다. 이 때문에 엄마라는 사실이 정체성 대부분을 차지하는 여성은 자각하지 못한 채 아이에게 좋은 엄마라는 인정을 요구한다.

남자아이에게 좋은 엄마란, 아이를 생각하고 아이를 돌봐주는 사람이다. 앞서 소개한 《남자아이는 왜 이럴까?》라는 책 제목이 대변하듯이, 엄마에게 남자아이를 키우는 일은 '왜?', '어째서?'의 연속이다. 자신과 다른 어린 시절을 보내며, 다른 인생을 걷는 남자아이에게 엄마가 자기 인생을 포개기란 불가능하다. 젠더 규범으로도 남자아이는 자신의 곁을 떠나갈 존재이므로, 엄마는 남자아이와 타자로서의 거리를 유지할 수 있다.

한편 여자아이의 경우에는 엄마가 같은 거리를 유지하기힘들다. 엄마에게 딸은 자기 인생의 축소판이며, 딸이 걸어가는 길은 자신이 걸어온 길과 포개진다. 딸이 미래에 저지르리라 예상되는 잘못과 실수는 물론 딸의 앞날에 도사리고 있는 불행과 고생도 엄마는 이미 알고 있다. 따라서 엄마는 성장해가는 딸을 염려하고 걱정한다.

엄마는 딸을 걱정하지만 아들을 돌볼 때처럼 딸을 돌보지는 않는다. 아들은 격려해주나 딸은 격려하지 않고, 오히려 구김살 없고 자유로운 행동을 방해하는 풀&푸시 메시지를 보낸다. 그러나 엄마를 통해 전달된 젠더 규범은 딸에게 엄마가 상처받게 해서는 안 된다고 말하고, 엄마의 버팀목이 돼주라고 명령한다.

딸은 다른 사람의 기분을 헤아리도록 훈련받은 데다가 엄마의 얘기를 듣고 자랐으므로, 엄마의 욕망, 즉 엄마가 자기 자신을 어떤 식으로 봐주길 원하는지 이미 안다. 엄마가 원하는 인정이 뭔지 잘 아는 것이다.

그러나 엄마의 감각과 딸의 감각은 다르고, 엄마 자신의 평가와 딸의 평가는 다르다. 엄마를 돌보는 일 또한 딸의 욕구와는 어긋나 있다. 그런데도 딸은 엄마의 욕망에 따르는 형태로 엄마에게 좋은 엄마라는 인정을 해줘야 한다. 이렇게 엄마는 물론 자기 자신까지 속여야 하는 딸은 불필요한 죄책감으로 괴로워하게 된다.

엄마라는 정체성밖에 갖지 못한 여성은 이 같은 딸의 고통을 깨닫지 못하고 딸에게 계속 인정해달라고 요구한다. 그리고 자신을 돌봐줄 담당자인 동시에 증인이기도 한 딸을 언제까지나 손에서 놓지 못한다.

CHAPTER 4

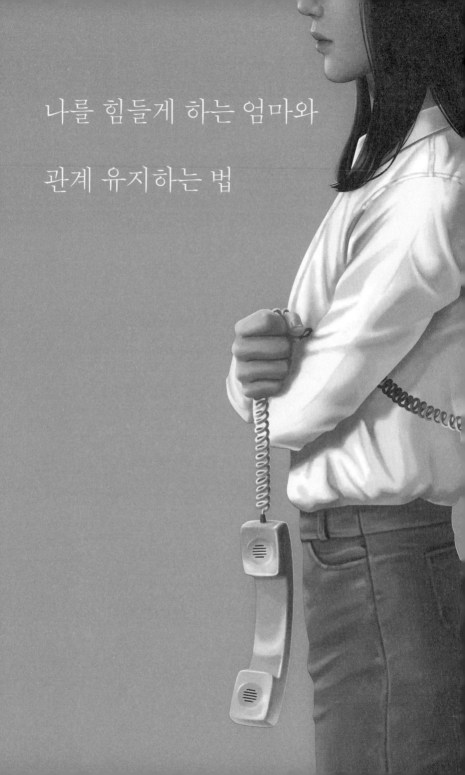

나를 힘들게 하는 엄마와

관계 유지하는 법

딸을 힘들게 하는 7가지 엄마 유형

지금까지 소개한 여섯 쌍의 모녀 관계를 바탕으로 딸을 힘들게 하는 엄마의 유형을 정리해보면 다음과 같다.

1   매달리는 엄마(딸에게 어리광 부리는 엄마)

   (예) 어른이 되지 못하는 엄마와 엄마의 버팀목이 돼주는 딸: 데쓰코(EPISODE 1, 8)

   (예) 딸에게 전적으로 의지하는 엄마와 엄마의 버팀목이 돼주는 딸: 딸 아키코에게 의지하게 된 이후의 미도리(EPISODE 2)

2   과도하게 간섭하는 엄마(딸을 위해 뭐든 하는 엄마)

   딸이 엄마에게 전적으로 의지하는 경우 모녀가 한 몸인 '캡슐 모녀', 딸이 귀찮다고 느끼는 정도로 과도하게 간섭하는 엄마.

(예) 딸 아키코에게 의지하기 전의 미도리(EPISODE 2)

3 무관심한 엄마(엄마답지 않은 엄마)

(예) 사요코(EPISODE 3)

4 완벽해서 부담스러운 엄마(뭐든 해내는 야무진 엄마)

(예) 게이코(EPISODE 4, 7)

5 안쓰러운 엄마(자신의 인생을 살지 못한 엄마)

(예) 게이코(EPISODE 4, 7)

6 잔혹한 엄마(폭력적인 엄마)

(예) 지요노(EPISODE 5, 9)

7 모순투성이 잔소리꾼 엄마

(예) 가즈코(EPISODE 6, 10)

그럼 이제부터 이런 엄마들에게 어떻게 대응해야만 딸이 스스로 상처받지 않고 원만하게 엄마와의 관계를 유지해나갈 수 있는지, 구체적인 방법을 소개하려고 한다. 이 방법들을 참고해 부디 당신을 힘들게 하는 엄마로부터 스스로를 지키고 자신의 인생을 되찾기 바란다.

1. 매달리는 엄마와 관계 유지하는 법

역할 내려놓기

'매달리는 엄마'란 EPISODE 1, 2에서 소개한 료코나 아키코의 엄마 같은 유형을 말한다. 료코의 엄마 데쓰코는 어른이 되지 못하는 엄마로, 딸에게 의존해 딸을 마치 부모나 언니처럼 대한다. 아키코의 엄마 미도리는 처음에는 딸을 위해 뭐든 해주는 엄마, 딸이 자신에게 의존하게 만드는 엄마였다. 당시 아키코는 자신이 엄마 삶의 보람이 됨으로써, 즉 엄마에게 의존·지배당함으로써 엄마의 버팀목 역할을 했다. 그런 엄마가 병이 생기면서 딸에게 의존하게 됐다. 미도리의 의존은 고령자 또는 환자로서의 의존으로, 딸 아키코가 떠맡은 건 어떤 경우에든 달려와줄 간병인 역할이었다. 데쓰코와 미도리 모두 딸이 버팀목이 되기에는 너무 부담스러운 엄마다. 따라서 딸은 점차 괴로움을 느낀다.

이렇게 엄마의 의존이 괴롭다면 자신이 떠맡은 역할을 생각해보는 게 좋다. 료코는 앞에서 설명했듯이 부모 또는 언니 같은 역할을 강요받았다. 엄마 데쓰코가 "어떻게 하면 좋을까?"라며 마치 어린아이처럼 료코의 품으로 파고들 때마다 료코는 자신의 의견과는 상관없이 일종의 연장자 역할을 했다. 아키코 역시 불안에 사로잡혀 평정심을 잃은 미도리로 인해 돌봄 역할을 하는 쪽으로 밀려났다.

이런 엄마에게서 벗어나기 위한 방법 중 하나는 그 같은 역할을 맡지 않는 것이다. 료코라면 여태껏 해왔던 부모 역할을 그만둔다. 한 예로 쉬는 날 료코는 시간개념이 없는 엄마에게 "이제 슬슬 저녁 식사 준비해야 하지 않아?"라고 말했다. 원래 이런 말을 하는 사람은 부모다. 아이라면 "밥은 아직이야?"라고 말한다. 이때 료코는 대학생이었으니 자기 마음대로 뭔가를 만들어 먹어도 괜찮다. 벌써 먹었느냐고 엄마가 물으면 아이답게 "배고팠단 말이야"라고 대답해도 좋다.

부모 역할과 아이 역할일 때 사용하는 말은 알고 보면 무척 다르다. 료코가 계속해서 부모 역할을 하는 한 데쓰코는 어린아이 같은 상태에서 빠져나오기 힘들다. 미도리는 아키코가 "그렇게 죽고 싶으면 죽으면 되잖아!"라며 간병인 역할을 포기했을 때 스스로 일어서서 걷기 시작했다.

어른이 되지 못하는 부모도 집안일을 전혀 하지 않는 부모, 아이를 자신이 노는 곳에 끌고 다니는 부모, 아이 흉내만 내는 부모 등 다양한 유형이 있다. 부모가 집안일을 전혀 하지 않는 가정에서는 딸이 엄마 역할을 대신하기도 한다. 갈등이 없다면 괜찮지만 불만을 느끼기 시작했다면 짊어진 역할을 내려놓기를 권한다.

　물론 엄마가 아프다거나 그 밖의 이유로 누군가 반드시 엄마 역할을 맡아야 할 때도 있다. 그러나 어떤 때라도 아빠와 형제들까지 자신을 엄마 대신이라고 생각하지는 않도록, 전적으로 엄마 역할을 맡지는 말아야 한다. 이미 맡았다면 일부만이라도 내려놓으라고 권하고 싶다. 아키코의 경우에도 풀타임 간병인에서 주 1회 간병인이 됨으로써 엄마와의 관계를 변화시켰다.

거리 두기

EPISODE 1에서 소개한 료코는 엄마가 지나치리만큼 매달려 '도망칠 수밖에 없다'며 독단적으로 판단한다. 그리고 자취를 시작함으로써 엄마와 물리적 거리를 두는 데 성공했다.

　EPISODE 2의 아키코는 엄마와 만나는 날을 주 1회로 제한했고, 지금까지 이 규칙을 지키고 있다. 아직 엄마 집 근처에 살지만, 시간 제한을 두는 방법으로 거리를 유지한다.

　EPISODE 5에서 소개했듯이 자신이 사 간 유부초밥이 맛없다며 타박하는 엄마를 바라보면서 '동생이 사 온 음식이라면 상한 음식이라도 맛있다고 말하겠지' 하고 냉소적으로 생각하는 다키코는 엄마에게 기대하지 않음으로써 심리적 거리를 유지한다. 심리적으로 가까이 다가갔다가 상처받은 경험에서 엄마와 거리를 두게 된 것이다.

현재 부모님에게 걸려오는 전화를 받지 않는 EPISODE 3의 미치코는 연락하지 않는 것으로 엄마와의 사이에 심리적 거리를 두고 있다. 언제까지라는 기한은 정하지 않았지만 엄마에 대한 감정이 정리될 때까지 이 상태가 계속될지도 모른다.

이처럼 거리 두기는 모든 유형의 엄마에게 효과적이지만, 딸에게 매달리는 엄마의 경우 엄마 쪽에서 먼저 멀어지지는 않는다. 어중간한 방법으로 멀어지려고 하면 오히려 쫓아올 수도 있다. 딸이 엄마에게서 마치 몸을 떼어내듯이 멀어지지 않으면 심리적으로 숨이 막혀 죽을 것 같은 엄마 유형이 바로 매달리는 엄마다.

료코와 아키코는 현재 엄마와 적절한 거리를 유지하면서 초조해하거나 자기혐오에 빠지지 않고 생활하고 있다. 이 같은 경험을 통해 딸은 엄마와의 거리를 조절할 수 있게 된다.

확실하게 의사 전달하기

EPISODE 2에서 소개한 아키코는 엄마 미도리의 전화에 휘둘린 탓에 극도로 지쳐 있었다. 딸에게 툭하면 전화를 거는 엄마는 딸을 걱정하는 것처럼 보이지만 사실은 스스로 불안을 견디지 못하는 것뿐이다. 자신의 불안을 진정시키려 전화하는 것이니 엄마가 메시지를 남겼더라도 일일이 대답할 필요는 없다. 메시지를 남겼을 때 딸이 전화를 건다는 사실을 엄마가 인지하면, 엄마는 몇 번이고 전화를 걸어 메시지를 남긴다.

이럴 때 "이제 메시지를 남겨도 전화는 안 할 거야. 엄마도 이해하지? 나 바쁘잖아"라는 식으로 한 번 말하고, 이후에는 엄마에게 전화를 걸지 않도록 노력하면 좋다. 이렇게 말해두지 않으면 엄마는 또다시 "메시지를 남겼는데 왜 전화를 안 하니?"라는 메시지를 남긴다. 핵심은 '앞으로는 다시 전화를 걸지 않겠다'는 사실을 확실히 전달해두는 것이다.

2. 과도하게 간섭하는 엄마와 관계 유지하는 법

절대 양보하지 않기

EPISODE 2에서 소개한 몸 상태가 나빠지기 전의 미도리처럼 딸을 위해서라면 뭐든 해주는 엄마가 있다. 딸이 이를 받아들여 전적으로 엄마에게 의지하면 '캡슐 모녀'가 된다. 몸 상태가 나빠지기 전의 미도리와 아키코 같은 모녀는 '캡슐 모녀', '일란성 모녀', '모녀 유착' 등으로 불린다. 주위 사람이 어떻게 보든 본인들이 문제를 느끼지 않는다면 그런대로 괜찮지만, 만일 미도리가 아키코에게 해줬던 것과 같은 엄마의 돌봄을 딸이 성가

시게 느끼기 시작했다면 어떻게 해야 할까.

만일 엄마를 위해 현재 10가지 일을 하고 있다면 우선 8가지 정도로 줄인다. 다시 말해 조금씩 의존도를 줄여나가는 것이다. 예를 들어 아키코처럼 무슨 일이든 엄마에게 도움을 받는다면 "식사 준비는 부탁하겠지만, 빨래는 내가 할 테니까 그냥 두세요"라고 말한다. 그리고 상황을 살핀다.

엄마가 딸의 요청을 받아들인다면 차츰 도움받는 일의 가짓수를 줄여나가면 되지만, 그렇게 간단히 요청을 받아들이는 엄마라면 딸이 고통을 느낄 만큼 과도하게 간섭하지도 않았을 것이다. 아마 대부분 요청을 받아들이지 않을 가능성이 크다. 이런 경우 처음에는 버럭버럭 화내지 말고 반복해서 요청한다.

"빨래는 내가 할 테니까 그냥 두라고 말했잖아. 엄마한테 미안해서도 아니고 그냥 아무 이유 없어. 내가 하고 싶어서 그러니까 그냥 두세요."

이런 식으로 CHAPTER 3에서 설명한 것처럼 확실히 전달한다. 간청하거나 부탁할 필요는 없다. 분명히 전달하기만 하면 된다.

만약 엄마가 "괜찮아. 그렇게 시간이 걸리는 일도 아니고…"라는 식으로 말한다면 "엄마가 힘들어 보여서 그러는 거 아니야. 내가 하고 싶어서 그냥 두라는 거예요"라고 단호한 어조로 똑같은 말을 반복한다. 엄마가 '알았다'고 말할 때까지 같은 말을 반복해야 한다. 어려워서 못하겠다면 자기주장 훈련을 연습하면 좋다.

거듭되는 요청에도 엄마가 원래대로 행동한다면 '몇 번이나 말했는데도 내 말을 제대로 듣지 않았다. 이렇게 내 말을 무시할 거라면 빨래 외의 일도 전부 해주지 않아도 된다'고 경고한다. 엄마가 크게 화를 낼 수도 있겠지만 겁먹지 말고 계속하자. 화가 난 엄마가 "알았다. 이제 두 번 다시 너희 집 일을 도와주지 않으마"라고 말하면 그러라고 하면 된다.

이를 실행하는 데는 각오가 필요하지만, 여기에서 꺾이면 안 된다. 그리고 실제로 모든 일에서 손을 떼게 해야 한다. 엄마에게 줬던 열쇠도 돌려받고 먼저 물러서지 않는다. 절대 양보해서는 안 된다.

만약 아이가 아프거나 엄마의 도움을 받고 싶은 일이 생기면 어떻게 해야 할까. 이럴 때는 도움이 필요한 날짜와 부탁하고 싶은 일을 확실히 말한 다음, 미안하지만 도움을 받고 싶다고 전달한다.

엄마가 '예전에 그런 식으로 말했으니 이제 안 도와주겠다'라고 한다면 '알았다'고 대답하고 다른 방법을 찾을 수밖에 없겠지만, 대부분 "저번에는 너 혼자 다 한다며?"라고 비아냥거리며 도와줄 것이다.

간섭이 심한 사람은 조심스레 그은 경계선 따위는 가볍게 뛰어넘기 때문에 경계선을 그을 때는 '여기까지'라고 확실하고 분명하며 명확하게 그어야 한다.

3. 무관심한 엄마와 관계 유지하는 법

정서적 관계 단념하기

EPISODE 3에서 소개한 미치코의 불만은 엄마가 자신에게 관심을 보이지 않는다는 것, 뭐든 돈과 가사 도우미로 해결하려 한다는 것이었다.

사요코처럼 일에 쫓기는 엄마, 일은 아니지만 친척 모임이나 병간호 등으로 다른 일에 신경 쓸 여력이 없는 엄마, 자신에게 어떤 문제가 있어서 아이를 돌볼 상황이 아닌 엄마 등 이유는 달라도 미치코처럼 엄마의 무관심 때문에 상처받는 딸이 있다. 고등학교 시절 엄마의 관심을 끌고 싶은 마음에 비행을 저지르는 등 온갖 수단을 다 써봤으나 마지막까지 엄마는 달라지지 않았다는 사람도 있다. 엄마가 달라지지 않는 이유도 다양하다. 일이 바빠서 아이에게 관심을 보이지 않는 엄마, 사회운동이나 종교 활동에 모든 열정을 쏟아붓는 엄마, 질병 등 자신에게 문제가 있는 엄마도 있다. 또 사요코처럼 본디 정서적 표현을 하지 않는 엄마, 합리적이고 오로지 이성적인 사고와 행동만 하는 엄마도 있다.

엄마라면 누구나 아이에게 무조건적이고 아낌없는 애정을 쏟아부을 거라는 생각은 신화에 불과하다. '영유아기를 지나니 예전처럼 아이에게 집중할 수가 없어요. 제가 이상한 엄마일까요?' 하는 고민을 상담한 적이 있다. 그를 불안하게 만드는 건 '엄마라면 분명 아이를 사랑할 것이다', '엄마라면 당연히 그 무엇보다 아이를 우선해야 한다', '아이의 성장 자체가 엄마의 기쁨이다' 같은 신화다. 이런 신화는 그렇지 못한 엄마뿐 아니라 그런 엄마를 둔 아이까지 힘들게 한다. 아이가 자신을 제외한 다른 아이는 엄마에게 사랑을 듬뿍 받는다고 생각하기 때문이다.

엄마가 자신을 걱정해주기를 바라고 엄마와 끈끈한 관계를 맺고 싶었던 미치코는 엄마의 행동을 의례적이고 마음이 담겨 있지 않은 것으로 여긴다. 계절마다 보내는 안부 인사와 용돈 역시 고맙기는 하지만 기쁘지는 않다. 손녀 앞으로 보낸 엽서인 만큼 미치코가 원하는 정서적 표현, 손녀를 생각하는 마음이 담겨 있어 엽서를 읽을 때면 눈물이 나오기는 한다. 그러나 미치코가 그 이상의 뭔가를 요구해도 분명 사요코에게는 전달되지 않을 것이다. 불가능하거나 소유하지 않은 걸 요구한들 엄마는 딸이 자신에게 뭘 요구하는지조차 이해하지 못한다. 결국 요구할수록 공허함과 외로움이 쌓이고 상처받는다.

사요코처럼 정서적 표현을 하지 않는 엄마라면 엄마와의 밀도 높은 정서적 관계는 단념하는 수밖에 없다.

다른 곳에서 정서적 관계 맺기

스스로 선택하지는 않았지만, 미치코에게는 할머니, 가사 도우미 아주머니와 언니 등 정서적으로 관계를 맺을 만한 여성이 있었다. 그리고 지금은 남편과 딸이 있다.

엄마가 원하는 걸 주지 않을 때는 뭔가를 줄 능력이나 여유가 없는 엄마에게 받으려 하지 말고, 그걸 줄 사람을 다른 곳에서 찾아야 한다. 자신의 엄마가 미치코의 엄마처럼 딸에게 관심을 보이지 않거나 사랑을 주지 않는 듯하다면, 나에게 관심을 보이고 심리적 지원을 해줄 수 있는 다른 사람을 찾을 수도 있고, 음악이나 미술 등 취미에 몰두함으로써 정서적 만족을 얻을 수도 있다.

말라버린 우물에 연거푸 두레박을 내리지 말고 새로운 우물을 찾으러 떠나기를 권한다. 새로운 우물을 발견해도 엄마와의 인연은 끊어지지 않는다. 정서적으로 담백한 엄마에게 어울리는 담백한 관계를 다시 맺을 수도 있다. 나름대로 따뜻한 관계가 될지도 모른다.

엄마는 '날아오르라'고 격려해주지 않았지만, 선생님이나 선배 등 엄마가 아닌 다른 여성에게 이런 격려를 받고 자기 인생을 걷기 시작한 여성은 수없이 많다. 딸을 위로하고 용기를 주는 사람은 엄마뿐만이 아니다.

4. 완벽해서 부담스러운 엄마와 관계 유지하는 법

직접 대결하지 않기

EPISODE 4에서 소개한 사토코는 '뭐든 해내는 야무진 엄마'의 관심이 자신을 향하면서 가슴이 짓눌리는 듯한 답답함을 느낀다. 완벽한 엄마는 그만큼 괴로운 존재다.

CHAPTER 2의 '싫다는 감정은 나쁜 것이 아니다'에서 소개했듯이 엄마는 감시하는 사람이자 벌을 주는 사람이다. 그런 사람이 완벽하면 그만큼 감시받는 쪽은 더 큰 두려움을 느끼고, 두려움이 커질수록 더욱더 엄마에게 염증을 느낀다. 엄마를 거부하지 못하는 사토코는 엄마가 만든 음식을 삼키는 일조차 힘들어했다.

이 정도로 힘에 차이가 날 때는 직접적 대결, 즉 대놓고 거역하기가 어렵다. 엄마와 직접 관계를 맺지 않고 식사를 거부하고 싶다면, 집에서 밥을 먹지 않는 날에는 달력에 'X'표를 하는 등의 규칙을 정해두는 게 좋다. 매달 초 X표를 치고 새로운 약속이 생기면 추가로 X표를 한다. 이렇게 하면 엄마 역시 식사 준비를 해놓고 딸을 기다릴 필요가 없다.

계획이 취소돼도 밖에서 먹고 간다. 일단 먹지 않겠다고 말했다면 그 말은 절대로 번복하지 않는다. 이런 일이 반복되다 보면 엄마도 식사 준비를 하지 않는 상황에 점차 익숙해진다.

죄책감과 싸우기

딸은 '약속이 있다'고 거짓말을 한다는 죄책감과 싸워야 하지만, 이 죄책감은 여태껏 엄마의 뜻대로 행동해왔던 내가 엄마의 뜻이 아니라 스스로의 뜻에 따라 행동한다는 신호다. 그러므로 죄책감을 느꼈다면 그 행동은 분명 자신을 위한 행동이다. 죄책감이 내 인생을 걷기 시작한 증거란 사실을 알면 괴로움도 조금은 누그러진다. 또 죄책감을 억누르며 행동하는 사이 죄책감이 차츰 희미해진다. 엄마의 뜻에 따라 행동하지 않음으로써 딸의 마음속에서 큰 자리를 차지했던 엄마의 존재가 서서히 작아지기 때문이다.

죄책감과 함께 딸은 '그렇게 밖에서 사 먹기만 해서 어떡하니?'라는 엄마의 간섭과도 싸워야 한다. 완벽한 엄마라면 영양면이나 경제적 이유를 내세워 '집에서 먹는 편이 좋다'고 강요할지도 모른다. 엄마의 간섭을 배제하고 싶을 때는 엄마와 직접 대결하지 말고 '먹을 수 있는 상황이 됐을 때 먹겠다'고 대답하면 된다.

이렇게 대답하기 위해서라도 달력에 처음 X표를 칠 때 나름대로 이유를 만들어두는 게 좋다. 이를테면 '회사에서 새로운 프로젝트를 시작해 근무 시간 이후에도 계속 회의가 있다', '학원에 다니기 시작했는데 토요일은 정원이 다 차서 자리가 날 때까지 목요일 수업을 듣는다' 등이다.

다시 강조하지만, 거짓말을 할 때 느껴지는 죄책감은 자기 인생을 시작하기 위한 통과의례, 말하자면 엄마의 딸이었던 자신과 이별하는 통증이다. 한동안 "회의는 언제까지 하니?", "아직도 토요일 반에 못 들어가는 거니?"라고 엄마가 물어볼지 모르지만, 이런 상태가 지속되면 엄마 역시 그날 딸이 집에서 식사하지 않는 상황에 차츰 익숙해진다.

5. 안쓰러운 엄마와 관계 유지하는 법

엄마의 불행에 책임감 느끼지 않기

EPISODE 4에서 시부모 수발로 고생하는 엄마를 보고 자란 사토코는 '엄마의 인생은 대체 뭐였을까?' 하는 의문을 갖는다. 시부모 수발에서 벗어났으니 엄마가 얼마쯤은 자기 인생을 즐겼으면 하지만, 사토코의 엄마는 딸의 제안을 고집스러울 만큼 받아들이지 않는다. 만일 엄마가 자신의 인생을 즐겼다면 사토코가 식사를 거부하는 일이 이토록 어렵지는 않았을 것이다.

사토코는 마음속으로 자기 인생을 살지 못한 엄마에게 더는 상처 주지 말아야 한다고 생각한다. 그러나 EPISODE 9 지요노의 얘기에서도 말했듯이 엄마를 불행 속에 방치한 사람은 엄마 자신이다. 시대적·환경적 한계가 있었을지언정 묵묵히 불합리함을 받아들이는 것 외에 분명 다른 방법은 있었을 테다.

딸에게는 엄마의 불행에 대한 책임이 없다. 자녀라면 당연히 엄마의 행복을 바라는 법이지만 그렇다고 자신의 감정이나 인생을 희생할 필요는 없다. 그러다간 엄마가 걸어온 인생과 똑같은 인생을 살게 된다.

혼자라도 행복해지기

'함께 행복해지자'고 말해도 꿈쩍조차 안 하는 엄마라면 포기하는 수밖에 없다. 계속 늪에 몸을 담그고 질척질척하고 끈적끈적한 불쾌함을 당연하게 여기며 사는 사람에게 "이쪽으로 올라와요. 뽀송뽀송해서 기분이 좋아요"라고 권해봤자 기분 좋은 상태를 상상하지 못한다. 게다가 두려움 때문에 지금까지 있던 늪에서 나와 미지의 세계로 발을 내딛지도 못한다. 불행 속에 계속 머무는 엄마도 이와 마찬가지다.

이런 엄마를 어떻게든 늪에서 끌어내려 애쓰다가는 자신까지 불행의 늪으로 끌려들어 갈 수도 있다. 안타깝지만 엄마와 딸 모두 불행의 늪에 빠져 있기보다는 엄마를 포기하고 혼자만이라도 벗어나는 편이 낫다.

내 은사인 가와노는 '설령 한 사람을 불행 속에 방치하게 되더라도 두 사람이 불행하게 사느니 한 사람이라도 행복해지는 편이 낫다'고 자주 얘기했다. 나도 전적으로 동감한다.

다시 강조하지만, 딸에게는 엄마의 불행에 대한 책임이 없다. 혼자라도 하루빨리 행복해지는 편이 낫다. EPISODE 2의 아키코가 간병인 역할을 그만두자 미도리가 환자 상태에서 벗어났듯이, 늪의 구렁텅이에서 벗어나지 못할 것처럼 보였던 딸이 사라지면 엄마는 주위를 경계하며 늪에서 나올지도 모른다.

만일 엄마가 여전히 늪에 가라앉아 있다고 해도 그건 엄마의 선택일 뿐 딸의 책임은 아니다. 딸에게는 오직 딸 자신의 행복에 대한 책임만이 있다.

6. 잔혹한 엄마와 관계 유지하는 법

관계 끊기

'엄마는 누구보다 아이를 사랑한다', '엄마는 자신을 희생해서라도 아이를 지킨다'는 신화와 완전히 상반되는 유형의 엄마가 EPISODE 5의 지요노 같은 엄마다. 지요노는 말이라는 칼날로 딸에게 상처를 줬는데, 개중에는 가족 중에서 딸이 먹을 밥만 차리지 않는 식으로 차별하거나 딸이 저금한 돈을 마음대로 찾아서 쓰는 엄마, 심지어 친척들에게 딸의 험담을 하고 다니는 엄마도 있다.

이렇게 폭력적인 엄마와는 관계를 끊는 것만이 최선이다. 이런 관계 속에 오랫동안 머물면 자존감에 상처가 생겨 점점 더 무력해질 뿐이다. 피하는 게 상책이다.

지요노처럼 뜻대로 되지 않는 결혼 생활에서 쌓인 분노를 저주처럼 딸에게 쏟아내는 사람도 있다. 그러나 반복해서 말하지만 엄마의 불행은 딸의 책임이 아니다. 자신의 마음을 지키는 걸 무엇보다 우선하고, 엄마와는 관계를 끊기를 권한다. 그렇다고 해서 연락을 두절하라는 뜻은 아니다. 그렇게까지 할 수 있다면 가장 좋지만, 다키코의 사례처럼 엄마를 간호하면서 마음을 열지 않는 것 또한 관계를 끊는 방법이다. 아키코처럼 일주

일에 1번만 관계를 맺고 나머지 날에는 전혀 신경 쓰지 않거나 돌봄을 돈으로 대체하는 방법도 있다. 어쨌든 관계를 맺으려 하지 않는 것이야말로 잔혹한 엄마로부터 자신을 지키는 방법이다.

이해받으려는 마음 버리기

지요노 같은 엄마는 딸이 관계를 끊으려 하면 '은혜를 모른다', '불효녀'다 등의 비난을 쏟아낸다. 하지만 이런 유형의 엄마는 아무리 헌신해도 절대 고맙다거나 효녀라고 말해주지 않는다. 열심히 하든 아무 일도 안 하든 긍정적인 말을 해주지 않는다면, 차라리 아무 일도 하지 않는 편이 낫다.

다키코는 엄마에게 선물하면서 고맙다는 말을 듣거나 기뻐하는 모습을 보겠다는 생각을 애초에 버렸다. 그러나 엄마에게 질책당하는 것보다는 낫다며, 질책당하지 않기 위해 보험료를 내는 셈치고 계속해서 선물을 보낸다. 이게 바로 다키코가 찾아낸 자신을 지키면서 엄마와 관계를 유지하는 방법이다.

딸을 못되게 대하다가 딸이 멀어지려고 하면 나긋나긋한 목소리를 내며 다가오는 엄마도 있다. 이럴 때 딸은 엄마가 자신을 이해해줬다고 생각해 경계심을 풀지만, 대개 다시 호되게 당하는 것으로 끝이 난다. 다키코 역시 현재의 방법으로 마음의 안정을 찾기까지 여러 차례, 이번에는 엄마가 기뻐해줄지도 모른다고 기대했다가 결국 상처를 받았다.

아무리 나긋나긋한 목소리로 다가가도, 편지나 엽서를 보내도 딸이 반응하지 않으면, 엄마는 아빠나 친척에게 도움을 청한다. 아빠는 "적당히 해라", "일찍 들어와"라고 말하는 정도로 그치지만, 문제는 친척들이다.

엄마는 딸에게 불같이 화내고 소리 지르는 모습을 아무에게나 보이지는 않는다. 대부분 밖에서는 좋은 엄마, 품위 있는 아내인 척한다. 이런 까닭에 엄마의 말을 들은 친척이 '엄마가 걱정한다'며 쓸데없는 참견을 하기도 한다. 상대는 '이런저런 일이 있다'는 정도로는 물러서지 않는다.

이럴 때는 "잘 모르시겠지만, 그동안 엄마가 계속 돈을 요구했어요"라고 사실을 말하자. "엄마한테 칭찬받은 적이 없어요" 정도로는 상대방이 어느 가정에서나 있는 일이라고 가볍게 여길 수 있으니 되도록 상대방이 깜짝 놀랄 만한 말을 해야 한다. 엄마를 감싸거나 스스로 창피해할 필요도 없다. 다키코의 경우라면 '대놓고 남편을 바보 취급 했다'는 식으로 말하는 편이 효과적이다.

그래도 상대방이 엄마에게 연락하라고 말한다면 그 사람과도 연락을 끊으면 된다. 엄마 편을 드는 사람에게 이해받을 필요는 물론 그 사람과 관계를 이어나갈 필요조차 없다.

7. 모순투성이 잔소리꾼 엄마와 관계 유지하는 법

확실하게 항의하기

모순된 말만 하는 것은 기본적으로 어느 부모나 마찬가지다. 인간 자체가 그런 존재라 당연하다고 생각하면 그뿐이지만, 엄마가 자신의 모순에는 아랑곳하지 않고 딸의 부족함만을 지적하면 딸은 괴롭다. 딸의 부족함을 지적하는 것은 심사숙고한 끝에 나온 말이 아니라 일종의 '반응 언어'라는 사실은 앞에서 설명했다. 반응 언어를 갈고닦아온 사람은 이렇게 말하면 저렇게 대꾸하는 등 절대로 지는 법이 없다.

엄마가 잔소리했을 때, "엄마도 마찬가지잖아"라고 말대꾸하는 것은 반응 언어끼리 충돌하는 행위다. 서로 상대의 잘못을 찾아내 꼬투리를 잡는 셈이라 전혀 도움이 되지 않는다. 게다가 이 승부는 대개 엄마의 승리로 끝난다. 딸과는 반응 언어를 갈고닦아온 세월이 다르니 당연한 일이다.

반응 언어를 사용하는 사람은 보통 자기주장을 하지 않고, 딸에게는 강하지만 남에게는 입도 뻥긋 못한다. 딸은 엄마와 똑같은 도구를 사용하지 말고 정확히 주장하는 법을 터득해 반응해야 한다. CHAPTER 3에서 소개한 것처럼, 딸이 똑 부러지게 항의하면 반응 언어에만 응수할 수 있는 엄마는 그 이상 아무 말도 하지 못한다.

한 귀로 흘려듣고 입 다물기

반복해 말하지만 반응 언어에는 아무런 의미가 없다. 의미 없는 말이 가리키는 것에 대답하기란 애초에 무리며, 의미 없는 말의 뜻을 생각해본들 그야말로 무의미하다.

마치 새가 지저귀는 소리나 시냇물 흐르는 소리를 듣듯이 한 귀로 흘려들으면 되지만, 흘려듣기 힘들다면 자리를 피하자. 밖에서 식사할 때처럼 자리를 피하기 어려운 상황에서는 들리지 않는 척을 한다. 즉, 반응하지 않는 것이다. 내 언행 후에 튀어나온 반응 언어에 반응하지 않으면 엄마도 꼬투리 잡을 말이 사라져 입을 다물 수밖에 없다. 엄마를 이해시키려 이러쿵저러쿵 설명하는 행위는 또다시 반응 언어를 말할 꼬투리를 주는 셈이니 입을 다무는 편이 좋다.

침묵이 불편하게 느껴질지도 모르지만, 분명 엄마가 더 불편함을 느낄 것이다. 도저히 어색함을 견디지 못하겠다면 책을 읽든, 휴대폰을 보든, 엄마의 반응 언어를 끌어내지 않도록 행동하기 바란다.

내 인생을 되찾기 위하여

—
12
—

지금까지 6명의 엄마와 딸을 힘들게 하는 7가지 유형의 엄마에게 대응하는 방법을 살펴봤다. 이 외에도 상처받지 않고 엄마와 관계를 유지해나가기 위해 기억해두면 좋은 4가지 키워드가 있다.

엄마에게 상처받지 않기 위한 4가지 키워드

첫 번째 키워드는 '경계선 긋기'다. 핵심은 기본적으로 어느 유형의 엄마든 딸이 먼저 경계선을 그어야 한다는 데 있다. 경계선을 긋는 데는 다양한 방법이 있는데, 지금까지 예로 든 몇 가지 대응 방법이 앞으로 엄마와 관계를 유지해나갈 때 참고가 되리라고 생각한다.

두 번째 키워드는 '단념하기'다. 엄마가 내가 원하는 걸 주지 않을 때 이를 단념함으로써 딸은 성장한다. 이해와 사랑을 갈구하지만 그걸 가질 수 없는 경우 거기에 집착하거나 엄마에게 끊임없이 폭언을 퍼붓는 것도 해결책이 될 수는 있지만, 그렇게 해봤자 자신이 원하는 건 얻지 못한다. 사람은 스스로 어찌하기 어려운 현실을 받아들이면서부터 성숙해진다. 231쪽의 '다른 곳에서 정서적 관계 맺기'에서 설명했듯이, 이런 사실을 수긍해야 자신이 원하는 걸 제공해줄 존재를 찾을 수 있다. 딸도 아닌 제자나 후배를 엄마보다 더 큰 애정으로 키워주는 여성이 많다. 엄마를 단념해야만 이런 사람과 만나게 된다는 사실을 전하고 싶다.

세 번째 키워드는 '배은망덕한 딸 되기'다. 엄마에게 받기를 단념한 딸은 엄마에게 주지 않아도 된다. 엄마가 낳아주고 키워줬다고 해서 자신을 희생할 필요는 없다. 이 세상에 낳아주고 키워준 데 대한 가장 큰 보답은 '보란 듯이 잘 사는 것'이다. 보란 듯이 잘 사는 데 엄마의 존재 자체가 족쇄라면 족쇄를 풀고 앞으로 나아가는 수밖에 없다. 엄마라는 족쇄를 풀어버리면 '배은망덕한 딸', '불효녀'라는 말을 들을지도 모르지만, 이 세상에 태어난 사람의 가장 큰 의무는 자기 자신의 인생을 완수하는 것이다. 이를 위해 배은망덕한 딸이 되어야 한다면 당당하게 그런 딸이 되면 그만이다. 자기 행복에 대한 책임보다 더 막중한 책임은 없다.

그리고 마지막으로 '친구 만들기'를 당부하고 싶다. 238쪽의 '이해받으려는 마음 버리기'에서 엄마와 딸의 관계를 중재하려는 참견꾼에게 시달리게 될 가능성을 설명했듯이, 우리 사회는 엄마라면 누구나 딸을 걱정하고 사랑한다는 인식이 너무도 강하기 때문에 혼자서 맞서면 자칫 자존감과 의지 모두 잃을 수 있다.

CHAPTER 1에서 얘기했던 작가 겸 탤런트 나카야마는 같은 책에서 친구들이 '잘하고 있다'고 칭찬해주며 자존감을 지탱해준 덕분에 자신이 그토록 혐오했던 엄마를 병간호할 수 있었다고 말하기도 했는데, 엄마에게 맞설 때는 물론 엄마와 관계를 유지할 때도 친구가 필요하다. 더욱이 엄마의 주술에서 벗어나기 위해 투쟁할 때 빈손에다가 혼자라면 마음이 무척 불안할 것이다. 상담이나 강좌도 좋고, 그룹 활동, 가치관을 공유하는 친구도 괜찮다. 누구든 안심하고 엄마의 험담을 할 수 있는 친구를 꼭 만들라고 권하고 싶다.

오즈의 나라에서 고향으로 돌아온 도로시처럼 모녀 갈등의 본질에 관한 지식과 젠더 지식을 손에 들고, 당신을 사랑하는 친구의 도움을 받으며 자기 인생을 되찾는 여행을 떠났으면 좋겠다.

친구는 어디에나 있다. 모두 말하지 않고 있을 뿐이다.

CHAPTER 5

이제는
엄마가 된
딸에게

엄마가 된 딸이 느끼는 육아 불안

13

모녀 관계를 주제로 강연하면 엄마의 관점에서 모녀 관계를 생각하고 싶다는 참가자가 항상 10%쯤 있다. 이 10%의 엄마는 사춘기 또는 성인이 된 딸과의 관계에서 뭔가 고민거리를 안고 있다. 딸이 집에만 틀어박혀 있다거나 무슨 이유에선지 딸에게 공격받고 있는 엄마다.

10%라는 비율은 오랫동안 바뀌지 않았는데, 최근 2~3년간 엄마 입장에서 참가하는 사람이 20~30% 정도로 늘었다. 늘어난 10~20%의 엄마의 자녀는 유아부터 초등학생까지 다양하다. 아직 아이가 엄마에게 반항하지 않을 법한 나이 대다. 문제도 갈등도 생기지 않았는데 왜 모녀 관계 강좌에 참가한 걸까?

자녀와 좋은 관계를 유지하려는 노력

'엄마에게 엄격한 가정교육을 받아서 힘들었는데 나도 모르게 아이를 엄하게 대한다(또는 하마터면 엄하게 대할 뻔했다). 어떻게든 달라지고 싶다'는 이유부터 '지금은 아무 문제도 없지만 아이가 조금 더 크면 문제가 일어날 것 같다. 그때 아이와의 관계가 나빠지지 않도록 미리 공부해두고 싶다'는 예기불안(자신이 실패할 것이라는 예감 때문에 생기는 신경증-옮긴이) 같은 이유도 있다. 아이를 더 잘 키우고 싶다는 바람과 함께 육아에 대한 불안을 느끼고 있음을 엿볼 수 있다.

이런 엄마들이 바로 '엄마가 된 딸'이다. 그들은 스스로 육아에서 뭔가 실수하지는 않을까, 아이에게 좋지 않은 일을 하지는 않을까, 그 결과 아이에게 미움받게 되지 않을까 같은 불안을 안고 있다. 그리고 자신은 좋은 부모가 되지 못할지도 모른다는 생각에 아이 갖기를 망설이는 여성도 있다.

원래 존재하던 10%의 엄마들은 아이에게 문제가 있거나 아이에게 공격받으면서 처음으로 강좌에 참가한 사람들이다. 일시적 반항이거나 때때로 부모 뜻에 따라주지 않더라도 어른이 되면 딸 역시 제 나름대로 세상 이치를 이해하리라고만 생각했지, 어른이 된 딸에게 공격받으리라고는 상상조차 하지 못했던 엄마들이다. 하지만 엄마가 된 딸은 이 같은 아이의 공격이 충분히 있을 법한 일이라 여기며 자신도 예외가 아니라고 생각한다. 그들은 아이를 쓸모 있는 어른으로 키우는 일과 마찬가지로 아이와의 관계를 소중히 가꿔나가고 싶어한다.

물론 옛날 사람들도 아이를 한 사람 몫을 하는 어른으로 키우는 일은 중시했겠지만, '아이와의 관계'를 생각했을지는 의문이다. 아이라면 마땅히 부모를 소중히 여긴다고 생각해서 아이가 부모에게 등을 돌리거나 부모를 혐오하리라고는 상상조차 못하지 않았을까? 이런 부모들은 자녀가 자신을 싫어하든 미워하든 부모는 역시 부모이며, 아이에 대해 누구보다 잘 아는 것도 부모이고, 설령 부모를 싫어한다고 해도 자식이 부모를 버리는 일은 얼토당토않다고 자신한다.

엄마가 된 딸은 이런 엄마의 자신감이 때론 아이에게 민폐가 되기도 한다는 사실을 누구보다 잘 안다. 또 자신과 엄마의 관계를 돌이켜봤을 때 엄마가 좋다고 생각하는 관계를 아이 스스로는 절대 좋은 관계라고 생각하지 않았음을 안다. 자신은 그런 부모가 되고 싶지 않다, 아이에게 미움받고 싶지 않다고 생각하는 엄마가 된 딸은 관계를 유지하려면 노력해야 한다는 사실 또한 잘 안다.

그러나 무릇 부모라면 아이가 싫어하는 일도 해야 하는 법이다. 그럼 부모의 역할을 완수하면서도 아이와 좋은 관계를 유지해나가려면 어떻게 해야 할까. 다음 장에서 살펴보자.

모녀 갈등의 악순환을 끊는 10가지 힌트

마지막으로 엄마가 된 딸을 위해 모녀 갈등을 반복하지 않기 위한 10가지 힌트를 공개하려고 한다. 이를 통해 엄마와 딸 모두 자신만의 행복한 인생을 만들어가기 바란다.

1. 아이는 엄마를 무척 좋아한다

스스로 아이를 제대로 키우지 못하는 게 아닐까, 육아 도중 뭔가 실수하지는 않을까, 아이에게 좋지 않은 행동을 하지는 않을까 두려워하면 아이의 울음소리가 마치 자신을 책망하는 소리처럼 들린다. 또 잘해야 한다고만 생각하면 아이의 실수가 마치 자신을 괴롭히려는 행위처럼 느껴진다.

무릇 아이란 엉망진창이며 규칙도 아무것도 없는 존재지만 부모는 세상의 규칙에 따라 생활하기 때문에 식사 중에 자리에서 일어나면 안 된다는 지극히 당연한 일을 가르칠 뿐인데도 녹초가 되고 만다. 피곤해진 부모는 아이의 행동이 자신을 난처하게 만들려는 의도적 행동으로 느껴져서 짜증도 화도 극한으로 치닫는다.

이럴 때 아이는 엄마를 무척 좋아한다는 사실을 떠올리기 바란다. EPISODE 5에서 소개한 지요노 같은 엄마조차 어린 딸 다키코에게 사랑받았다. 어릴 때부터 다키코는 엄마에게 폭언을 들었지만 다키코가 엄마를 난처하게 만들려고 일부러 실수한 건 아니었다. 엄마 마음에 들기 위해 열심히 노력했지만 뜻대로 되지 않았을 뿐이다. 아이는 의도적으로 엄마를 난처하게 하겠다는 등의 고차원적인 생각을 하지 못한다.

2. 아이는 이 세상이 처음이니 아무것도 못하는 게 당연하다

아이는 고의로 상대방이 난처함을 느낄 만한 행동을 하지 못한다고 설명했다. 그런데 아이가 유아든, 초등·중학생이든 자녀 문제로 고민하는 부모는 자녀가 아직 아이란 사실을 잊고 있는 듯하다.

일본에는 '기면 서고, 서면 걸으라고 하는 부모 마음'이란 말이 있다. 일어서고, 걷고, 물건을 잡는 등 눈에 보이는 발달은 알아차리기 쉽지만, 세상을 이해하고 감지하며 생각하는 힘 등은 발달 정도를 알아차리기 어렵다. 아이가 잘 못하거나 모르는 게 있다면 아직 시기가 오지 않았다고 느긋하게 대응했으면 좋겠다. 발달단계에서 불가능한 일은 할 수 없으니 말이다.

육아 상담을 할 때 '친구에게 자기 물건을 빌려주지 않는다', '공원에 데려가도 친구와 놀려고 하지 않고 혼자 논다', '다른 사람의 물건과 자기 물건을 구별하지 못한다'는 고민을 자주 듣는다. 만 2~3세 아이에 관해 엄마들이 상담하는 내용이다.

못하는 게 당연하다. 물론 반복해서 가르쳐줘야 하지만, 못한다고 화낼 필요는 없다. 더욱이 자신의 육아 방식이나 아이의 발달에 의구심을 품을 만한 일도 아니다. 겨우 붙잡고 일어설 수 있게 된 아이에게 달리기 연습을 시킬 수 없듯이, 불가능한 때에 불가능한 일을 시키는 건 무리일 뿐이다. 오히려 아이에게 해롭다. 서두르지 않아도 가능한 때가 오면 할 수 있다.

마찬가지로 초등학생이나 중학생 아이에게도 그 아이의 역량을 뛰어넘는 수준의 판단력이나 수행 능력을 기대하는 부모를 만날 때가 있다. 몰래 마음속으로 기대한다면 그나마 다행이지만 이런 능력을 당연히 갖춰야 한다는 듯 아이를 몰아세우고 '이런 일도 못하면 커서 어떻게 될까?' 하는 불안감에 휩싸인다. 중학생 아이에게 미래를 내다보고 인생을 설계하라는 건 정말이지 무리한 요구인데도, '공부하지 않는다', '공부하는 척 하며 얼렁뚱땅 넘어간다', '이대로라면 어떤 어른이 될지 모르 겠다'며 진지하게 고민하는 부모가 드물지 않다.

어려서부터 진학하고 싶은 학교가 확실하고 목표를 향해 노 력하는 아이가 있는 반면 그렇지 못한 아이도 있다. 그렇다고 그 아이가 반드시 낙오자가 된다는 법은 없다. 자신의 동창생 들을 떠올려봐도 성적이 좋은 아이, 그렇지 않은 아이 모두 나 름의 어른, 사회인이 되지 않았는가.

자신도 한때는 아이였다는 사실을 잊어버린 부모의 눈으로 보면 아이는 믿기 힘들 만큼 아무것도 모르고, 또 아무것도 못 한다. 아이의 성장에 책임감을 느끼는 부모에게 '아이란 원래 그런 존재입니다'라는 말로 해결되는 것은 없겠지만, 아이는 이 세상이 처음이다. 부모인 당신이 갑자기 다음 날부터 한 번 도 가본 적 없는 나라에 가 생활해야 한다고 가정해보자. 그 나 라의 말을 이해하고 그곳 생활에 적응하기까지 어느 정도의 시 간이 필요할까.

만 3세 아이라면 지구인이 된 지 아직 3년이다. 아무것도 모르 고 아무것도 못하는 게 당연하다. 중학생이라도 고작 13~15년 을 지냈다. 게다가 아직 사회에 나가지도 않았다. 당연히 세상을 알지 못하고 미래를 생각하지 못한다.

3. 말에 주의한다

이 세상이 처음인 아이는 복잡한 표현은 이해하지 못한다. 자신이 이해하는 범위에서 들은 얘기를 판단한다. 따라서 부모가 '너 같은 아이는 싫다'고 말하면, 부모가 엉뚱하게 화풀이했다고 생각하지 못하고 부모에게 '미움받았다'고 생각한다. 엉뚱한 화풀이란 말이 있다는 것과 이 말이 어떤 상황을 가리키는지 알지 못하면 그게 엉뚱한 화풀이라고 판단하기 어렵다.

마찬가지로 흔히 아이에게 '다리 밑에서 주워 왔다'고 농담처럼 말하는데, 부모는 웃자고 한 말일지라도 아이에게는 웃고 넘길 말이 아니다. 이런 말을 농담으로 한다는 사실을 이해하지 못하면 농담으로 받아들일 수 없다.

연장선상에서 '세상은 냉혹한 곳이다', '지금부터 그러면 제대로 된 어른이 될 수 없다'는 말도 조심하길 바란다. 이런 말들은 일종의 협박이다. '그런 짓을 하면 미움받는다'는 말 역시 협박이다. 구체적으로 어떤 상황을 의미하는지 모른 채 단지 협박만 받는 아이는 사회를 아무 까닭 없이 두려워하게 된다.

대개 아이에게 자신감을 심어주고 싶은 부모가 아이의 자신감 없는 태도에 초조해져 '그렇게 해서는 아무것도 못한다'고 협박하는데, 그래봤자 아이는 점점 자신감을 잃을 뿐이다.

4. 정보에 주의한다

인생을 살아가려면 '어떻게든 해낼 수 있다'는 근거 없는 자신 감이 필요하다. 사회에 관한 정보가 '세상은 냉혹하다', '만만한 곳이 아니다', '그렇게 해서는 아무것도 못한다'처럼 부정적인 내용뿐이라면, 아이는 세상이 두려워 밖으로 나가지 못한다.

아이뿐 아니라 부모 역시 대중매체를 통해 육아에 관해 '○ ○○하지 않으면 이런 아이로 자란다'는 협박을 받고 있다. 예를 들어 식품 전문가가 식사를 준비할 때 이런 점에 유의하지 않으면 아이의 건강한 성장을 기대하기 어렵다거나, 풍요로운 식탁이 아이의 정서 발달에 좋다고 말하는 것이다.

교육산업은 "입시 경쟁에서 살아남으려면…"이라 말하고, 교육 잡지는 교육 환경의 중요성을 주장하며, 심리 전문가는 아이의 심리 건강을 설명하는 등 각 분야의 전문가가 다양한 의견을 말한다. 협박하려는 의도에서가 아니라 유익한 정보를 제공하려는 마음에서 하는 말일 테니 이 말들을 협박이라고 부르기엔 부적절할지도 모른다.

그러나 화자에게 그런 의도가 없더라도 정보를 접한 부모에게 불안을 부추기는 측면은 있다. 실제로 전문가의 말대로 하고 싶어도 그대로 실천하기란 좀처럼 쉽지 않다. 그 결과 때로는 부모와 자녀, 양쪽의 부담이 증가하는 결과만 초래하기도 한다.

정보는 충분히 검토하고 취사선택해야 하지만, 각각의 전문가가 말하는 내용은 일반론일 뿐 내 자녀를 위한 맞춤 처방이 아니라는 사실을 항상 염두에 두자.

5. 아이가 성장하면 품에서 놓아준다

동물은 새끼가 스스로 먹이를 구할 수 있게 되면 마치 내쫓듯이 새끼를 품에서 떨어뜨린다. 인간 역시 가난했던 시대에는 자녀가 만 6~7살쯤 되면 부모가 아이를 부잣집으로 보냈다. 아이는 그 집에서 살며 어린 아기를 돌봐준 대가로 돈을 받았으므로, 쉬는 날 아이가 집에 오면 부모는 머리를 쓰다듬어주며 아껴줬다.

그러나 지금은 다르다. 자녀와 함께 있고 싶으면 언제라도 함께 있을 수 있을뿐더러 설령 외국에 살더라도 왕래하며 지낼 수 있다. 엄마가 미국에 사는 딸네 집에 해마다 1달 정도 가 있는 등 옛날에는 상상조차 하지 못했을 법한 모녀 관계도 있다. 게다가 통신기기의 발달 덕분에 물리적으로 떨어져 있어도 항상 연결돼 있을 수 있다. 더욱이 지금은 영상통화의 시대다. 툭하면 부모에게 전화가 온다는 사례가 드물지 않고 친구 사이보다 자주 메시지를 주고받는 모녀도 있다.

어떤 엄마는 딸이 잠깐이라도 메신저를 끄면 '왜 껐느냐'며 화를 내기도 한다. 이런 엄마는 딸의 메신저가 꺼져 있으면 딸이 자신을 거부했다고 느끼는지, 딸이 집을 비워서 대답하지 못하는 것은 괜찮아도 딸의 상태가 오프라인으로 돼 있으면 화를 낸다. 딸은 항상 방에 엄마가 들어와 있는 듯한 기분에 휩싸이지만 뾰족한 수가 없어 항상 컴퓨터를 켜둔다.

이처럼 아이를 따라다니려 마음먹으면 얼마든지 그럴 수 있는 시대다. 따라서 자식을 품에서 놓지 않으려 하는 부모를 둔 아이는 자신을 부모에게서 떼어내야만 부모에게서 벗어날 수 있다. 이렇게 해도 또다시 따라오는 부모가 있긴 하지만 자식에게 거부당한 부모는 결국 이를 받아들일 수밖에 없다.

갓난아기일 때는 한순간도 눈을 뗄 수 없었던 존재가 성장하면서 조금씩 부모에게서 멀어져간다. 그리고 마침내 부모가 알지 못하는 세계로 여행을 떠난다. 자신이 부모의 지배에서 벗어난 적이 없는 사람은 자기가 알지 못하는 세계에 아이가 발을 들여놓을 때 불안을 느낀다.

그러나 잘 생각해보길 바란다. 유치원에 입학한 첫날, 울며 불며 따라오는 아이를 떼어놓고 갈 때, 그 자리에선 마음이 아프지만 머지않아 부모와 아이 모두 그런 생활에 익숙해진다. 초등학교에 들어갈 때도 처음에는 부모와 아이 모두 불안을 느끼지만 곧 적응한다. 아이가 처음으로 친구들끼리 영화를 보러 간다고 말하면 부모는 '아이들만 보내도 괜찮을까?' 하는 생각에 불안해하지만 아이는 아무렇지 않게 영화를 보고 온다. 이런 일이 되풀이되면서 부모와 아이 모두 멀어지는 관계를 점차 받아들이게 된다.

그럼 언제 멀어지는 게 좋을까? 적절한 시기는 아이만이 안다. 부모는 아이에게 맞출 수밖에 없다. 아이는 부모가 생각하는 시기보다 훨씬 일찍 멀어지려고 한다. 부모는 당연히 불안해지지만 무조건 태연한 척하며 견뎌야 한다. 아이의 결단을 받아들일 수 있는지 여부에 부모의 도량이 드러난다.

6. 아이에게 인정을 요구하지 않는다

CHAPTER 3에서도 설명했듯이 엄마를 좋은 엄마인지 아닌지 평가할 수 있는 사람은 자녀뿐이다. 그래서 엄마는 아이에게 좋은 엄마라는 사실을 인정하게 만들겠다는 마음이 들기도 하는데, 이때 역시 무조건 참아야 한다. 그런 마음을 아이에게 쏟아내지 않도록 버티기 바란다.

아이가 행복한 어른으로 자란다면 그거야말로 자신이 좋은 엄마였다는 가장 큰 증거다. 아이에게 가장 큰 행복은 아무런 걱정 없이 부모를 버리고 자기 인생길을 걷는 데 있다.

아이에게 인정을 요구하면 아이는 부모를 버리지 못한다. 그럼 부모 자신조차 깨닫지 못한 채 아이를 자신의 품 안에 묶어두게 될지도 모른다. 아이를 부모의 행복이나 불행의 증인으로 삼는 것 또한 결과적으로 아이를 묶어두는 행위이므로, 아이를 당신 인생의 증인으로 삼아서는 안 된다.

7. 자기 인생에 책임감을 느낀다

아이가 안심하고 부모를 버릴 수 있으려면 부모는 반드시 행복해야 한다. 아무리 엄마가 '괜찮다'고 말해도 아이는 불행한 엄마를 내버려두고 혼자만 행복해질 수 없다. 행복하고 충실한 인생을 시작하기 전에 부모를 구해내려 한다. 이는 아이 자신의 행복과 맞바꾸더라도 부모를 행복하게 하려는 행위다. 즉, 부모의 행복을 위해 아이 스스로 희생하는 것이다.

그러나 여러 번 말했듯이 아이는 부모의 행복을 책임질 이유가 없다. 자기 인생에 책임감이 없는 사람, 자기 손으로 행복을 붙잡으려 하지 않는 사람은 아무리 아이가 자신을 희생해도 행복을 거머쥘 수 없다.

만일 '아이가 이렇게 해준다면 행복해질 텐데…' 하고 생각한다면 그건 착각이다. 가령 그런 마음에 아이가 응답해준다고 해도 행복해지지 않는다. 두 사람 모두 불행해질 뿐이다.

부모는 부모 자신의 노력으로 행복해져야 한다. 부모가 스스로의 힘으로 행복해지면 아이에게 증인이 돼달라거나 인정해달라고 요구할 필요도 사라진다. 반드시 행복해지고 싶다고 생각해도 행복을 경험해보지 않으면 EPISODE 5의 지요노처럼 포장에만 신경 쓰다가 진정한 행복을 놓칠지도 모른다.

행복해지기 위한 첫 번째 기준으로 자신의 감정을 관찰하기를 권한다. 항상 초조하다거나 누군가에게 화가 나 있다면 뭔가 뜻대로 되고 있지 않다는 증거일 수도 있다. 사람은 더불어 살아가는 존재라 서로 이런저런 것들을 양보하거나 참아야 한다. 하지만 그렇다고 EPISODE 7의 게이코와 EPISODE 8의 데쓰코처럼 비록 일부일지라도 자신을 억압해서는 안 된다. 그런 의미에서 두 엄마 모두 아르바이트나 부업이 아닌 좀 더 자신을 표현할 수 있는 분야를 고심해 도전해봤어도 좋지 않았을까 생각한다.

인생에 뒤따르는 여러 가지 제한을 받아들이면서 동시에 행복해지려면 스스로 자신의 어떤 모습을 좋아하는지 생각해봐야 한다. EPISODE 10의 가즈코는 백화점에 근무할 당시의 자기 자신을 가장 좋아했다. 세상을 떠날 때 후회하지 않도록, 가능한 자기 인생을 소중히 여기며 하루하루를 살아가기 바란다. 그래야 나도 행복해지고, 내 행복이 딸의 행복, 주변 사람들의 행복으로 이어진다.

8. 아이와의 관계를 점검한다

자신이 매달리는 엄마나 부담스러운 엄마가 아닌지 점검하는 방법이 있다. 핵심은 '아이를 얼마나 자주 생각하는가', '아이를 잊고 지낼 수 있는가'다.

아이가 어릴 때, 특히 갓난아기일 때는 온종일 아이에게 신경을 곤두세우지만, 아이가 커가면서 아이를 신경 쓰지 않고도 생활할 수 있게 된다. 아이가 유치원에 들어가면 아이에게서 마음이 조금 더 멀어진다. 이처럼 아이가 성장할수록 아이를 잊고 지내는 시간이 길어져, 아이가 초등학교에 입학하면 그 시간은 현저히 늘어난다. 중학생이 되면 아이가 친구 집에

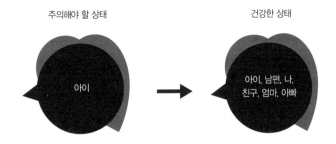

주의해야 할 상태 건강한 상태

아이

아이, 남편, 나, 친구, 엄마, 아빠

서 자고 와도 신경 쓰이지 않을 정도가 된다. 대학생이 돼 집에서 나가면 생활비를 보낼 때와 휴일 외에는 아이가 잘 생각나지 않는다. 이런 식으로 자신의 마음속에서 아이가 차지하던 부분이 조금씩 줄어든다.

물론 아이가 아프다거나 뭔가 특별한 일이 있을 때는 아이가 차지하는 부분이 커지겠지만, 건강한 상태라면 평소에 눈앞에 없는 아이가 생각나지 않는다. 아이가 초등학교 3~4학년 정도 되었는데도 온종일 아이를 생각한다면 주의해야 한다.

뇌 속 지도를 이미지로 나타내보면 쉽게 이해할 수 있다. 뇌 속이 '아이'만으로 가득 차 있다면 아이에 대한 생각에만 몰두하고 있는 상태이므로 위험하다는 신호다. 아이를 쫓아내고 남편, 엄마, 아빠, 친구 등 다른 사람도 넣어두자. 그리고 일, 취미, 여행, 친구와 수다 떨기처럼 자신이 해야 할 일과 했을 때 기분이 좋아지는 일도 포함하기를 권한다.

오로지 아이 생각만으로 가득 차 그다지 즐거워 보이지 않는 부모의 모습보다는 유쾌한 부모의 모습을 보여줄 때, 아이가 어른이 되는 일에 희망을 품을 수 있지 않을까.

9. 아이의 자존감을 보듬어준다

여자아이의 경우 사회가 아이에게 거는 기대 자체가 풀&푸시, 즉 모순돼 있다. CHAPTER 3에서 살펴봤듯이, 우리 사회가 여자아이에게 기대하는 사회적 역할은 결혼해서 아이를 낳고 아이를 키우며 남성을 돌봐주는 일이다.

결혼을 하려면 넓은 범위의 남성들에게 호감을 얻을 수 있도록 외모를 가꾸고, 배려와 염려를 비롯한 여자다움을 습득해야 한다. 다시 말해 엄마에게는 남성이 호감을 느낄 만한 여성으로 딸을 키우는 일이 중요한데, 그렇게 키운다고 해도 딸이 행복해진다는 보장은 없다. 한번 결혼하면 죽을 때까지 안심할 수 있는 시대가 아니다. 결혼해도 이혼할 가능성이 있고, 남편의 회사가 어려움을 겪게 될지도 모른다. 애초에 결혼할 수 있을지 여부조차 불투명하다.

이럴 때 누군가 자신을 행복하게 해주기만을 꿈꾸며 외모만 가꿔온 여성이 혼자 힘으로 살아남을 수 있을까. 결혼할 마음이 있더라도 혼자가 되면 스스로 생계를 꾸려나가야 한다.

또 남성에게 미움받지 않는 방향으로 자아를 형성해온 여성이 성희롱을 비롯해 자아를 침해당하는 일을 겪었을 때 제대로 거부할 수 있을까. 평소 다른 사람에게 나쁜 인상을 주지 않도록 생글생글 웃고 상냥하게 행동하라는 말을 들어온 딸이 성희롱하는 남성에게는 의연하게 대처하라는 말을 들은들 이를 행동으로 옮기기는 무리일 것이다.

성희롱은 조금씩 다가와 시험해본 끝에 마침내 실행되는 유형의 범죄다. 다른 사람을 언짢게 해서는 안 된다, 폐를 끼치는 행동을 해서는 안 된다는 마음이 강하면, 처음에 흑심을 품고 다가온 상대라도 거부하기 어렵다. 그 결과 이러지도 저러지도 못하는 상태가 되기도 한다. 앞으로의 시대에는 자신을 지키는 데 타자 우선의 자세가 전혀 도움이 되지 않는다.

자신의 권리를 침해당했을 때 민감하게 반응하는 딸로 키우려면 심부름 등으로 딸이 하고 있던 일을 중단시키거나 갖고 싶은 것을 참게 하는 등 딸에게 타자 우선 훈련을 시키지 말아야 한다. 다른 사람의 사정에 맞춰 참기만 하면 참는 행위가 당연해져버린다. 그렇다고 뭐든 다 제공하라는 말이 아니다. 다른 가족과 동등하게 대하기만 해도 충분하다. 딸의 욕구를 아빠나 오빠, 남동생의 욕구보다 뒤로 미뤄서는 안 된다. 이 말은 곧 엄마 스스로 자신의 욕구를 뒤로 미루지 말아야 한다는 뜻이다. 엄마가 자신의 욕구를 뒤로 미루면 엄마를 본보기 삼아 성장하는 딸은 당연히 자신의 욕구를 뒤로 미루게 된다.

자신이 갖고 싶은 걸 주장하고, 자기 의견을 말하며, 자기 능력을 발휘해 경쟁에 이기는 것 모두 직업인에게 필요한 자질이지만, 동시에 사회에서 여자답지 않다고 여기는 행동이기도 하다. 우리 사회는 다른 사람을 우선하지 않고, 자신의 의견을 말하며, 능력을 발휘해 경쟁에서 이기는 여성에게 절대 호의적이지 않다.

그러나 사회가 원하는 여자다움에 자신을 맞춰도 좋은 일은 하나도 없다. 자기주장을 하지 않는 유형을 '도어 매트 타입(도어 매트란 항상 짓밟히는데도 아무 말도 하지 못하는 사람을 비유하는 말이다)'이라고 부르듯이, 참기만 하는 사람은 모두에게 짓밟힐 뿐이다. 심지어 누군가 악의가 있어서 짓밟는 것이 아니라, 아무 말도 하지 않은 탓에 아무도 눈치채지 못해 짓밟는다.

여성이 남성 중심 사회에서 살아남으려면 자신을 지키면서 살아가야 한다. 이때 '자존감'은 그 무엇보다 강력한 무기가 돼준다. 다른 사람을 우선하면 자존감이 성장하지 않는다.

혹 마음 가는 대로 딸을 키우면 딸이 밖에서 비난받지는 않을까 걱정될지도 모른다. 집안에서의 좋지 않은 태도만 보고 다른 사람들과 잘 지낼 수 있을까 불안을 느낄지도 모른다. 하지만 걱정하지 않아도 된다. 집 밖은 남성 중심 사회로 딸들은 자신을 지키면서 살아간다. 사회의 속임수를 꿰뚫어 보는 것 또한 자존감이다. 집안에서는 딸의 자존감을 충분히 보호하면서 양육했으면 좋겠다. 이런 교육이 가능한 곳은 집 밖에 없다.

10. 아이가 다양한 세계를 경험하게 해준다

마지막으로 조금씩 아이를 품에서 떠나보내라는 말과 중복되기는 하지만 딸의 대인 관계를 방해하지 말라는 말을 하고 싶다.

어떤 사람과 사귀든 딸은 그 경험을 밑거름으로 성장해나간다. 딸이 위험한 사람과 사귀어 곤란에 처했을 때는 구해내면 되니 딸의 교우 관계를 존중해주기 바란다. 개중에는 부모가 해줄 수 없는 지원을 해주거나 부모가 세상을 떠난 후 딸의 자존감을 지탱해주는 사람이 있을지도 모른다.

이 말은 딸을 사교적으로 키우라는 뜻이 아니다. 자신에게 필요한 친구의 자질과 수를 알려면 다양한 대인 관계를 경험해야 한다. 때로는 상처를 받으면서 딸은 세상을 배워나간다. 딸의 성장은 딸에게 맡기고, 엄마가 된 딸은 자신의 성장을 생각했으면 좋겠다.

엄마가 된 후에도 성장은 계속된다. 아마 앞으로도 훨씬 더 성장할 것이다. 너무 바빠 고작 아이에게 얽매여 있을 틈이 없다. 당신의 인생을 마음껏 맛보고 즐기기 바란다. 그리고 이런 행동이야말로 딸에게는 무엇보다 큰 응원이 된다는 사실을 잊지 않았으면 좋겠다.

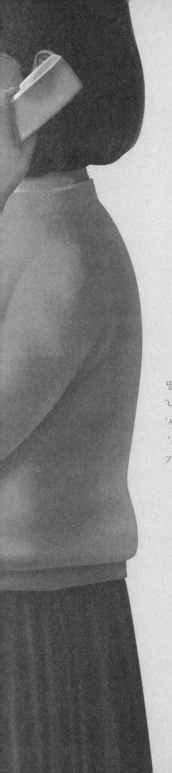

딸이 직장 얘기를 하면
'나도 일할 적에 이런저런 일을 겪었다'고 말하고,
'세상은 그리 만만치 않다'며 감상을 얘기한 다음
'세상은 혹독한 곳'이라고 가르치는 것이
가즈코 얘기의 흐름이었다.

모녀 갈등의 본질은 여기에 있다.
다시 말해 넓은 세계로 뛰쳐나가고 싶은 딸과
그 딸을 좁은 세계에 가두어두려는
엄마 사이의 갈등인 것이다.

엄마와 딸의 관계를 바꾸는 사회심리학

나는 나, 엄마는 엄마

제1판 1쇄 발행 | 2019년 12월 20일
제1판 2쇄 발행 | 2020년 1월 16일

지은이 | 가토 이쓰코
옮긴이 | 송은애
펴낸이 | 한경준
펴낸곳 | 한국경제신문 한경BP
책임편집 | 최경민
저작권 | 백상아
홍보 | 서은실 · 이여진
마케팅 | 배한일 · 김규형
디자인 | 지소영
본문디자인 | 디자인 현

주소 | 서울특별시 중구 청파로 463
기획출판팀 | 02-3604-553~6
영업마케팅팀 | 02-3604-595, 583   FAX | 02-3604-599
H | http://bp.hankyung.com   E | bp@hankyung.com
F | www.facebook.com/hankyungbp
등록 | 제 2-315(1967. 5. 15)

ISBN 978-89-475-4548-8 03830